楊貴妃伝
ようきひでん

贵妃

いのうえ やすし

［日］井上靖 著
林怀秋 译

浙江出版联合集团
浙江文艺出版社

目　录

第一章

001

第二章

031

第三章

067

第四章

101

第五章

140

第六章

178

第七章

223

第一章

　　开元二十八年(公历七四〇年)十月,从距国都长安四十来里行幸骊山温泉宫的皇帝玄宗处派来使者,到了长安的寿王府。玄宗命寿王妃杨玉环去温泉宫伺候。

　　寿王瑁是玄宗与三千后宫中最宠爱的武惠妃所生的皇子,是个甚至一时拟立为太子的人物。玄宗就是对这样一个寿王妃子的杨玉环,下达了召见令。玄宗的这种召见意味着什么,寿王也好,杨玉环本人也好,早已心领神会。

　　当接到父皇玄宗命令的一瞬间,寿王已经知道自己不得不失去爱妃杨玉环。寿王叫出杨玉环,传达了父皇之命,让玉环好生考虑考虑,让她自己选择自己所想走的道路,并未要求她即刻做出答复,寿王便退入自己的居室去了。

　　只过了一刻,杨妃的侍女即带着答复来谒寿王。杨妃的回答是:父皇既已有命,岂能违背。寿王面不改色地说,既所望在此，那就请便吧。寿王在这一瞬间，定然对失去杨玉环感到松了一口气。因为若是杨妃拒绝服从父皇之命，两人的命运则除死无他。况且父亲向有骨肉之情的儿子要求他的妻子，绝非轻易之事，父亲玄宗无疑也是做了充分的思想准备。

寿王瑁的母亲武惠妃薨后刚好过了三年。武惠妃当然还只是一个妃子，并非皇后，但是玄宗的可称为糟糠之妻的王皇后因无子嗣，武惠妃的权势，从一开始就凌驾于王皇后之上。而且在开元十二年，王皇后因兄之罪，被赶下皇后宝座成为庶民，不久便在失意中死去，于是武惠妃的地位便巩固起来。玄宗身边虽有现在立为太子的亨的母亲杨氏，和以美貌而知名的赵丽妃等女人，然而她们都已早夭，只武惠妃一人得玄宗专宠，受到皇后一般的待遇，一门都得就显要官职。武惠妃为了自己所生的寿王立为太子，施展了种种阴谋。赵丽妃所生的太子瑛之所以被废黜赐死，一般传说就是由于武惠妃的谗言。

武惠妃薨于开元二十五年十二月，她若是再多活一段时间，寿王准是早已即了太子之位。实行废黜太子之议不久，武惠妃就逝世了，为此寿王立为太子之事还没来得及实行。母亲武惠妃生前的专横，简直令人侧目，仅凭此点，一旦武惠妃薨去后，寿王就陷入颇为微妙的境地。在此之前玄宗也曾爱过寿王,但那是因为有母亲武惠妃在。武惠妃一旦死亡,玄宗对他的爱随之而减退,这也不足为怪。玄宗对三千后宫的无论哪一个,都可以使她生孩子。孩子始终是属于生身之母的,问题就在这里。在母亲武惠妃死去的同时,她的孩子也等于死了。倘有有权势的重臣特别庇护,姑当别论,这对于有武惠妃那样母亲的寿王来说,却是不可能的。从武惠妃薨去之日起,其子寿王就不是掌权者所特别垂青的皇子了。玄宗皇帝是这么想的,其子寿王也是这么想的。玄宗的这种心情的第一个表现,就是这次事件。

面庞极似乃母武惠妃的肤色白皙的年轻皇子,对父王的无理要求,丝毫也不能有所抵抗。其他妃子所生皇子曾经蒙受过的悲惨命运,说不定几时会降临到自己的头上。

杨玉环在得知玄宗召见的一瞬间,感觉到自己作为一个女人的命运,意外地被强大的力量折弯了。她没有把玄宗当作自己丈夫的父亲来看待,而这种想法,过去是不曾有过的。玄宗是大唐帝国的绝对掌权者,与之相比,丈夫寿王如今只不过是极端无力的王族的一个成员。

杨玉环从听到丈夫寿王传达了事情的详细情况的时候起,一直任凭着莫名其妙的兴奋袭击着自己。册立为寿王妃,是开元二十三年十二月间的事。自那以后,已经过了近五年的岁月。当上寿王妃的时候,她也曾为做梦都没想到的走运而不知所措;这次的被召,更是与之不能同日而语了。杨玉环向寿王处派出侍女之后,横卧牙床,茫然若失。不管是否喜欢,为了活下去,不入玄宗的后宫是不行的。

杨玉环在接到玄宗使命的次日,天色未明就来到长安街上,直奔骊山的温泉宫而去。侍从包括骑马的,约有三十人。玉环自从昨天听到玄宗派来的使者的传话,便再也没与寿王会过面,她是并未与寿王话别就出了寿王府的。寿王觉得这样倒好,杨玉环也深以为然。当走出寿王府时,玉环心里想,恐怕自己今生再也不会到这座王府来,作为妃子再也不能与寿王见面了。玉环过去作为妃子,曾经对丈夫寿王有过爱情;作为天下的两个掌权人物玄宗和武惠妃所生之子的丈夫的地位,曾使玉环感到十分耀眼。然而,这一切,如今都与自己毫无关系了。

玉环坐在抬往骊山的轿子里,才觉察到自己是被置于过去不曾想过的新的命运之中,而且这命运的真正意义是什么,自己是走向幸福,还是相反走向不幸呢?玉环都不得而知。所知道的,只是自己正在向举措维艰靠拢。走近它,非走近它不可,这就是自己所面临的新命运。一个有着任何人都不能与之比肩的极大权力,他的一句话就可以断送任何人性命的几乎不敢相信的人物,如今正在那里等待着自己。

三千后宫正在围着这个掌权者。按照唐朝的制度,这个掌权者拥有带等级的女人。在皇后以下,有贵妃、德妃、淑妃、贤妃四妃。在这之下又有昭仪、昭容、昭媛、修仪、修容、修媛、充仪、充容、充媛九嫔,再下边配有婕妤、美人、才人各九人,宝林、御女、采女各二十七人。此外还有许多女官。玄宗时,对这种制度多少做了一些修改,但是后宫三千的那种惨状却没有改变。三千后宫与各种权力联结着,都想博得这个年迈的绝对权威的爱情。虽说是爱情,却和普通的男女之间的爱情大不相同,因为这是以得到与得不到掌权者的宠爱,来决定能否得到自己的荣华和自己满门的高升。妃姬们围绕着玄宗竞争的激烈程度,准是让人不敢正眼相看的。如今杨玉环正要加入她们的行列。

杨玉环要去的离宫,在京城东方四十来里的骊山山麓。轿子涉浐水,渡灞河,在缓慢低矮的丘陵起伏的平原上,一直往东走去。路在中途变陡了,这一行人走走停停地前进。

不一会儿,轿子到了骊山离宫。钻过三层城门,在面向水池的一座宫殿前边,杨玉环下了轿子。前来迎接的众多男女低头站立,一动不动。玉环对前来迎接的人连看都不看一眼。

她就像没看见这些人似的从轿子里下来,把视线稍稍投向了上方。阶梯式离宫的几个建筑物的脊瓦和一部分屋檐,看上去重重叠叠,在这些建筑物的背后,望得见覆盖着小山斜坡的低矮的松柏树密林。玉环此时听到了这个季节的风声。是风吹松柏树梢发出的声音。少许,玉环在几名侍女的引导下,静静地朝宫殿内部走去。

骊山自古以来就以历代皇帝的避寒之地而知名。山麓有温泉喷出。为了利用这热水,才修建了这座离宫。离宫称为温泉宫。在侍女的引导下,走在宫殿与宫殿相联结的长长的回廊上,在玉环的耳朵里所听到的,只有山风的飒飒之声。

玉环在半路上稍稍停了一下。山风之外,不知从哪里还吹来险滩的声响。这是热水涌出的声音。浴场似的建筑在尽下边,挨着它的上面重重叠叠,沿着山坡的斜面建造了好几栋宏伟壮丽的殿舍。在殿舍与殿舍之间的回廊当中,有的倾斜度颇急,有的则平缓。

杨玉环被引导到在此逗留期间起居的房间,在那里稍事休息。为了谒见玄宗皇帝,出了这间屋子,玉环被领到长廊。在玉环前面,走着几个侍女,在她的背后,也有十来个侍女相随。杨玉环此时感到一阵轻轻的晕眩。夹着回廊,两侧有修剪收拾得极好的庭院,既有水又有假山,然而玉环几乎对这一切都没有仔细看。

　　杨玉环从几座馆前经过。馆内到处微暗,毫无例外地在前面都有用石头垒起的宽台。石台有一种不能靠近的冷清,使人觉得非常像建造在宫殿内部的幽静的散步场,这在宫殿外部是绝然见不到的。

　　玉环在一座馆前停住了脚步。因为走在她前边的侍女们一齐停了下来,自然玉环也只得停下来。回廊在稍往前走的地方弯成直角,从那弯角,这时意外地看见来了一群人。站在前边的是两个侍女,后边有几个男人。玉环见自己身前身后的人都低着头。玉环因不知是谁走近自己,为了不失礼仪,也轻轻地低了低头。

　　玉环在迎面而来的一群人和自己这边的人相擦而过时,在正中间看见一个老人,这时才觉察到这就是玄宗皇帝。玉环觉得那人的目光在敏锐地照射着自己。玉环在这时,也只是轻轻地点了点头。但是,冲着这个对自己来说,究竟是恶魔还是神都还不知道的人,自己也不知如何是好,在突然的冲动之下,她抬起了头。并不是自己想抬才抬起了头,是突然之间无意识地抬起了头。玉环抬着头站在那里。

　　玄宗稍稍停步,不客气地瞧看玉环。那是一种仔细端详。然后好像想说点什么,嘴边的筋肉微微地动了动,然而从那张嘴里,并没有特别说出什么。老人就那样从玉环前边过去了,可是不知是为了什么,玉环却仍然是那副姿势,在那里站立了一会儿。玉环看到自己身前身后的侍女们依然还在那里深深地低着头,老是不抬起来。

玉环觉得自己对这个掌权者,并没有采取任何特殊的态度。既没有毕恭毕敬地迎候这位掌权者,也没有大礼参拜。只不过是对这位难以取悦的老人的面庞,不知为什么,玉环也还是仔细地看了一番。

侍女们走动开了,玉环也跟着挪动着脚步。接着便回到了刚才休息的房间,在那里独自吃完了饭。豪华的饭菜装在一个大盘子里,由侍女们接连托了进来。玉环对这些饭菜只是沾了沾筷子。送来的饭菜接连拿走,接着另外又送来一些新的。玉环自从踏进离宫,和谁都未交谈一语。这一切都是在无言之中进行的。

吃罢膳食没多久,被引入有床铺的房间。从京城一路摇晃而来,她以为是叫她休息的呢,玉环便随身躺下。实际上玉环也真的累了。从昨天起的过度紧张,睡眠不足和旅途疲劳,玉环已经被折磨得身心交瘁了。

玉环睡着了。不知道睡了多久。醒来时已是黄昏时候。从飘荡在馆前的发白的光线和沉滞的空气,可以知道暮色将临。好像在哪里一直盯着玉环的醒来似的，出现了一个中年的侍女。这个侍女第一次开口，用郑重的语气说今天晚上皇帝召见，请即刻入浴。

浴室从皇帝洗的"御汤"开始，共有十八个。玉环被领来的是在御汤的西南角，用低低的大理石墙垣隔开的妃子汤。

从妃子汤可以完全看得清御汤。御汤的宽绰的浴槽是用白玉石砌起来的，浴槽的边缘雕着鱼、龙、雁等浮雕。在浴槽的中央，为了躺着也能够洗浴，放着一张白玉石制的卧铺。汤从同样是用白玉石造的莲花芯中喷涌出来。

妃子汤比起御汤的浴室来虽然狭窄一些，但同样是用白玉石砌成的，只在汤的出口处放置了一个用红色石头塑造的大盆，它承受着不知从哪里喷涌出来的汤。这种汤的出口有四处。

汤是透明的，但却荡漾着轻微的硫黄味，不断地冒出的热气，使浴室内部充满了热气和轻柔的透明的雾气。杨玉环身子躺在浴槽内。洗温泉澡她这还是头一次。听说在京城附近有个与骊山齐名的汤山，玉环当然也没到过那里。

白居易的《长恨歌》，对玉环初次赐浴骊山时的情形曾这样咏道：

> 温泉水滑洗凝脂
> 侍儿扶起娇无力

玉环从浴室出来,披上衣裳,被领到隔壁化妆室里。这里有几名侍女在等待着给玉环的脸上化妆。玉环进屋来时,待在这里的侍女们也都吃惊地为玉环那无法正视的耀眼的容光所逼,低下了眼睛。那耀眼的容光可以说既是女人才懂得的骄傲和美貌,也是只有女人才懂得的女人所特有的一种难以言状的令人生厌之处。这耀眼中,掺杂着这样两种迥然不同的东西。侍女们感到作为玉环的同性,她既是自己人又是敌人。

来到大镜台前边时,玉环把轻盈的半裸的身子坐在了面前的有异国风味的椅子上。一个侍女转到玉环的前面,一个人立在她背后。玉环本来可以听任侍女给自己化妆,但她没有这样,她还是提出了要求。这时玉环的心里才生出了可以称作是为了今后生活下去的意志。要求自己的,是人世上的绝对掌权者,如果说这是无法拒绝的,那么她的想法就是倒不如把自己所有的最美的东西献给对方,她觉得这也并非坏事。坐轿子来时,玉环几乎可说是清水脸儿仅只是薄施了点粉黛,可是如今却相反,她想来个浓妆艳抹。她把自己心里想着的事冲口而出。侍女们一齐低下了头,以示遵命。

玉环凝视着镜中自己的面庞。因为是出席夜宴,化妆浓点也无妨。发髻当然是高髻,饰以金玉的发簪和钿以及步摇①。眉不是白天的蛾眉,而是画得更粗一点。鸳鸯眉、小山眉、五岳眉、三峰眉、垂珠眉、月棱眉、分梢眉、涵烟眉、拂云眉、倒晕眉等,这阵子宫女们的描眉方法虽然花样翻新,可是玉环什么样儿都没有依。她只是把眉画得丰满而粗大,把接近鼻端处描得像刀尖切的那样纤细,另一端就像用布料抹过的那样朦胧地消失了。面颊上涂过白粉之后,再搽红。口红涂得厚厚的,使嘴唇看上去就像蓦地噘起来一般。嘴嘛,始终应该像铃铛那样厚而小。与此相反,眼睛得尽可能画得大些,从而多少像向外弯曲的鱼那样,眼梢往上吊。

面庞全部画好之后,最后就是戴花钿了。在眉毛之间放上四个白绿色小点点形成一个菱形。然后用丹青在两颊上面画酒窝。酒窝平时是谁也不会注意的,只在发笑时,让它起美化笑容的作用。

玉环的化妆费去了将近一刻钟。化完妆,侍女们侧着身子退出去之后,玉环从椅子上站了起来。玉环对镜自忖,好一

---

① 一种发簪,因在人走路时摇摆而得名。——原注

会儿才移开眼睛。

> 回眸一笑百媚生
>
> 六宫粉黛无颜色

正是如此,也不能不如此。

赐予杨玉环的谒见时间,一刻刻地迫近了。玉环斟酌完毕,离开馆舍,暂且坐在椅子上小憩,以等待前来迎接的侍女们的出现。自从出了寿王府,在杨玉环的头脑里,这时才第一次想起了丈夫寿王来。从十七岁到二十二岁,前后足有六年之久,自己虽然作为妃子服侍过这位丈夫,可是如今却感到那已是个遥远的存在了。仔细想想,从昨天玄宗下召见令之后两个人还商量过,此后就再也没见着,尽管如此,分别也不过是一昼夜的样子。可是却觉得与这位丈夫已经如同分别多年。杨玉环看了看自己这身衣着,都是自己过去所不知道的新鲜玩意儿。不仅是衣服,从发饰到汗衫以至镶嵌珍珠的鞋子,统统都不是自己的。面庞和头发虽然是按自己的喜好装点的,但和平常的自己判若两人,这是化妆,是变形。

杨玉环虽然想起了自己丈夫的面孔,可是心里毫不感到疼痛。虽说是因自己舍身给掌权者，才救了丈夫寿王一命，却也没有为了丈夫而牺牲自己的感慨。说得明白一点，杨玉环此刻的心情是和丈夫寿王早就分了手，如今同寿王已经没有任何关系了。

但是玉环仍有些不安。尽管这种不安不知从何而来，反正是有些不安。而且这种不安渐次在变大。刚才在宫殿尽头的走廊上遇见了掌权者。那人多少与普通人不同，眼光锐敏，然而尽管如此，也不过是并没有什么了不起的老态初萌的一个男人罢了。玉环的不安，就是自己要去伺候这样一个人。玉环把这个世上握有最大权力的人物，与其说是当作人，莫如说是当作掌握自己命运的神接受下来的。这命运，正要降临到杨玉环头上。她那不安的由来，准是在此。

突然，远处飘来一阵音乐声。那是庄严的乐曲。她觉得那音乐不像是为掌权者和自己相偕鸾凤而演奏的。曲调听不出有什么甜蜜之处，也不华丽，毋宁说倒是相当严肃的。

一个侍女走了过来，告诉她说刚才听到的音乐，是《霓裳羽衣曲》。听《霓裳羽衣曲》，对玉环来说还是头一回，但是关于这支曲子的来历，从前倒是听谁说过。听说是玄宗皇帝做梦游月宫，听了月宫的音乐，醒来之后把它回忆出来让人谱写而成的。据传说，玄宗皇帝生来爱好音乐，对于音乐有着非同一般的鉴赏能力。

此外,这虽然是后来杨玉环听到玄宗亲口说的,关于这支《霓裳羽衣曲》,还有另外一种传说。据说那是玄宗登上三乡驿,眺望女儿山时,来了灵感,即席创作的。玄宗皇帝在各种场合,按照自己的情绪,把这两种说法交互说出,到底孰真孰假,不得而知。

但是随他怎么说,现在听到这支《霓裳羽衣曲》在庄严地演奏着。当这曲子的韵律突然剧烈变化时,十多个侍女围成一团出现了,在玉环面前恭恭敬敬地低下了头。其中的一个毫无表情地用平板的声调说:

"谒见的时刻到了。请移步。"

杨玉环跟随那个侍女的身后移动着脚步。音乐渐次变高,一改先时的单调,渐渐变得热闹起来。杨玉环一旦起步,不安的情绪便渐渐消失了。她抬头面向着命运,以无比安详的步伐向前走去。

杨玉环被领到的地方,是白天玉环和玄宗皇帝擦身而过的面向回廊的大厅。夹着回廊,大厅的前面有一个宽敞的石台,她想日间宴会时,一定是在这里举行舞乐的。这儿容纳三四百人绰绰有余。如今这儿没有一个人影,冰冷的石头上洒落着冬夜的月光。只有三面围着石台的大理石曲栏的黑色影子轮廓分明。

大厅里灯火辉煌,如同白昼。乐声更高了,笙、鼓、琵琶、方响、拍板、筚篥等各种乐器的演奏声响彻大厅。杨玉环进了大厅。她凭感觉知道御驾就在右手边,其余一无所知。到底有多少男女侍候在那里,人又是怎么排的座次,都没有进入玉环的眼帘。玉环跟在引导自己的侍女的身后,在无数支明灯蜡烛之间行进。

侍女停了下来,玉环也站住了脚步。侍女施过一礼,飘然而去。此时玉环知道自己站在了御驾之前,但与玄宗皇帝的座位还有相当的距离。玉环深施一礼,然后抬起脸来。玉环看了看掌权者的面庞。是个老人,这是无疑的,然而与白昼所见不同,并不感到老迈,在他绷紧的脸上,眼光锐利逼人。玉环在日间也曾如此,此刻更是频繁地凝望着对方的脸。一旦眼睛触到对方的脸,奇怪的是就不想再把视线移开了。

有几个侍女走近前来,玉环被引导到紧挨玄宗皇帝横设的席位上去。玉环坐下之后,才第一次看了看大厅。大厅里人数并不太多。从数十支灯烛之间,看到右手边并排站着一群乐工,左手边一群宫妓如同偶人一般悄悄地等在那里。乐曲不知从何时起变了调子,在正面那座似乎是临时搭就的舞台上,有几个身着胡衣的女人跳起了快速的舞蹈。伴奏的乐器也许是来自异国吧,玉环不曾听到过。乐曲的旋律软绵绵的,听起来寂寥而甜美。

捧来了酒具,摆在玉环前面的小桌上。酒具有大有小。一个侍女走向前来,给其中的一只酒具斟满了酒。玉环端起这盏玻璃制的小酒杯。此时音乐突然大作。玉环饮罢把杯子放回桌上。音乐低了下去。玉环又端起酒杯。于是乐声又转高。玉环喝了一口又放下。此时乐声低下去。第三次举杯,在急速变高的乐声中,玉环一饮而尽。

女人们穿梭般来来往往。既有送菜肴的,也有添酒的。每当举杯,乐声必然转高。杨玉环觉得自己已同音乐融为一体。她一言不发地只是不断地被乐声所左右。舞台上时而是女人们婆娑,时而是一群少年们起舞,时而是异国的男人们欢跳。这些看起来都不像舞蹈,倒像是在烈日之下,五彩缤纷的布片在摇动飞舞。

"玉环的家乡是蜀吧?"

突然听到这样的提问。是沉重而有力的低音。玉环觉得好久都没有听到人声了。

"是的。"

"刚才跳的是蜀地的舞蹈。你感到亲切吗?"

"妾自幼离开家乡,对于家乡的舞蹈一无所知。"

在这短短的对话中间,玉环没有看着那个掌权者。玉环就紧挨着坐在御座旁边。御座略高一些,若要把脸正对着对方,那无论如何也得改变坐姿,仰视才行。杨玉环本能地避免这样。这就得让对方由上往下看。她不肯把点在额上的白绿色的点点儿,让人从上面给看歪了。那么精心化的妆,额头绝不是为了让人那么看的。

大厅的一角人声嘈杂。在那里等候的舞女们一分为二,侍女当中的几个人朝那个方向走去。这时过来一群女人。当看到走在前边靠近过来的年轻女人时,玉环心里想,她莫非就是传说中的那个继王妃武惠妃之后,集玄宗皇帝的宠爱于一身的梅妃吗?她显得那么高傲矜持。

她的身材与玉环不同,长得修长而苗条,面相也与身材相称,长脸,下颚小巧而俊俏,也许是在灯下的缘故吧,看上去有点尖。

一个侍女走过来告知玉环说:

"梅妃来了!"

玉环见梅妃在御座前施了一礼,就像夸耀自己的姿色一样,把视线投向掌权者,缓缓地划了个半圆,环视了一下左右。那种动作,的的确确像是让掌权者从各种角度都可以欣赏自己的姿态似的。让老掌权者一一检阅自己的侧脸、背姿、走相、妆面、衣裳,好像是在说:"怎么样?美吧!"

梅妃让老掌权者检阅完了之后,把直对着玄宗皇帝的视线收回来,立即转向了玉环。这是玉环头一次从正面看梅妃,觉得她的美貌真是名不虚传。这美是既有气派,而又温柔。特别是小小的嘴特点鲜明。口红与玉环的不同,涂得古朴而雅致。在这一瞬间,形状优美的小嘴动了一下。嘴唇刚一张开,就迸出来细而清脆的、过去玉环所没听到过的声音:

"听说你的眼泪是红色的,出的汗味如香玉,出生的时候就有玉环戴在右臂上,不知是真是假。今宵有幸得以相见。"

说罢梅妃笑了。那笑声真可说是珠落玉盘,清脆异常。

玉环听罢,一惊非小。因为她发现在梅妃的话语中,包含着揶揄自己的露骨的恶毒。出生时自己臂上套着一个玉环,这只是在家乡极为亲近的人们中相传的话题,玉环在幼小时也曾听亡母讲过,但在长大之后,自己从没对别人讲过。这样一些不辨真假,但从前确曾在几个故乡的亲人之间流传过的话,也并不是没有根据的。因为常在寿王家出入的一个市井诗人,曾把"泪如红冰滴,汗如香玉流"这样的游戏短诗写来献给寿王。那不过是称道玉环的美罢了,这对寿王也好,玉环本人也好,都带有不愿公之于众的性质。这样的事,梅妃是怎么知道的呢?

玉环看见梅妃走近自己，也站了起来。但是，梅妃并没有往玉环的前面来，而是以御座为中心，往玉环相反方向的自己的座席走去。

宴席从梅妃出现的时候起，更加热闹了，宫妓侍宴，轮流把盏。玉环与老掌权者自那以后再没有交谈什么。但是，老掌权者不管玉环听还是没听，对新献上来的酒做了说明。几乎都是异国的酒。玉环出于礼仪，总是捧起酒来，端到嘴边沾一点儿。

约莫一刻来钟，梅妃从座席上站了起来。她带着几个侍女，从大厅里退了出去。梅妃在座期间，玉环哪怕是端起酒杯，音乐也不那么高昂，可是梅妃一不在场，乐声便又大作起来。而且此时的音乐渐渐变得激烈狂躁了。

玉环让侍女催促着离开了座席。她对玄宗皇帝施过一礼，离开大厅之后，觉得夜间的冷空气沁人肌肤，月光的冷清沁人眼目。玉环感到脚下有些飘飘然。这是她初次经历的。像今天晚上这样喝这么多，而且喝了许多种类的酒，是从来都没有过的，喝醉酒原来是这样的滋味，也是初次体验。

玉环被引导到最里面的房间。房间里有生着花的大瓮，还有绣帐、烛台，其他家具摆得满满的。玉环被几个侍女用手搀扶着领到里面的化妆室，全身擦拭干净，重新化过妆，换上了睡衣。这个房间比宫殿里的其他任何一个房间都暖和而宁静。

玉环命一个侍女拿茶来喝了。这时,玉环感到醉意更浓了。哪怕动一下手脚,都倦怠得感到吃力。玉环想感受一下夜里的冷空气,在睡衣外面披了件衣服,站到了房门口。这里在房前也有回廊。在回廊的那一边,是一片用石头砌的广场。只是同刚才大厅前的石台不同,这里的石台上除了白色石头之外,还配着碧色和浅桃色的石头,不像大厅前面的石头广场那么荒凉冷落。

"请回房间里去吧。"侍女说道。

可是玉环却还想在夜间空气里再多站一会儿,好醒醒酒。

当身子让夜间的冷空气凉得像冰一样的时候,玉环才回到房间。接着,她撩开房间里边床上的锦帐。因侍女出去时,把烛台上的灯给熄灭了,房间里一片漆黑。打开卧榻的帐子,玉环突然感到床上暗处似乎有人,站在那里呆住了。只在这时,玉环本能地把身子往后退了退,因为她觉得好像寿王躲在那里。

"玉环,你现在最想要什么?"

进出来的还是那个沉重有力的声音。是掌权者的声音。

"妾什么都不想要。"玉环身子僵硬,屏住呼吸说道。

"这世上没有什么想要的东西吗?"

"我想像梅妃那样漂亮。"

对此,玄宗皇帝没有回答。

"此外还有什么希求?"过了一会儿,老掌权者又说。

"没有。"

"本想满足你的要求,可你说没有希求,这可就不好办了。"

"既然这样,我就说。凡是皇帝所希望的,无论什么我都喜欢。"

"朕所有的愿望都已实现。再也没有什么新的愿望了。是的,要说有的话,只有一个,那就是长生不老。"

"……"

"硬要说嘛,还想得到异国之宝。"

"……"

"想骑一骑象。"

"……"

"再建一座天坛,祭祀上天。"

"……"

"发现逆臣奸党统统杀光。"

"……"

"派兵征服吐蕃,使之不能再起。"

玉环听着,浑身颤抖不已。她默默无言,只是一一点头,然而并未弄清其含义。所清楚的,是想干这些事就完全干得出来的人物,而且总会这么干的人物,如今已躺卧在自己面前。

"这些事暂且丢在一边。如今朕所喜欢的,是寿王的妃子。"

与此同时,玉环感到自己的手,让帐子里伸出来的老掌权者的手给抓住了。玉环被顺顺当当地拽进了卧榻。她没有抵抗。玉环感到自己想要爱身边这个人。并不是想爱,此时玉环已经爱上他了。玉环觉得自己所爱的,超出了世界上的一切。那是力量,是天,是玉环自身的命运。

"老头子!"

玄宗的喊声,惊醒了杨玉环。寝室里熄灭了灯火,一片漆黑。

"老头子,老头子!"

掌权者的叫喊声非同寻常,明显是在惧怕什么。猛烈的风声,打寝室前面石台子上飒飒吹过。风声一过,又听到丘陵中覆盖着宫殿的杂木林发出的噪音,就像远处海啸一般,拖着长长的尾巴。

"老头子不在吗？高力士在哪里？叫老头子，快喊高力士来！"

玄宗半坐在卧榻上。

"陛下怎么啦？"玉环问道。

"谁？"

在发出这惊问声的同时，玉环觉察到对方缩了一下身子，为此玉环觉得黑暗也像跟着摇荡起来一般。

"你是谁？"

"我是玉环。"

"唔，玉环哪。"玄宗这时才苏醒过来，低声说。接着又听他长长地叹了一口气："好像有人躲在屋里，可不能大意。"

玉环不由地四下里望了望。在笼罩着卧榻的暗夜中，会潜藏着什么人吗？玉环也坐起上半身屏息静听。这时，觉得更黑了，到处都像有人手持凶器在窥伺着他们，似有无数刺客的凶猛目光，镶嵌在黑暗之中。两人都屏着息，憋得透不过气来。

"快叫老头子来！"玄宗又喊道。

这次是清楚的喊叫声。他虽然让喊老头子，可是玉环却不知怎样喊法。过了一会儿，从一个黑暗的角落，闪出一线灯火，接着猛地增加了亮度，与此同时，听到了有几个人蹑足走近的声音。来的是一群侍女。如同日间一样，她们穿戴得整整齐齐。

"是陛下喊我们吗?"

几个侍女手提灯笼,如同捧着它一般弯下了腰。玉环合上睡衣的前襟,瞧看了一下室内,没有发现什么异常情况。少时,由一个侍女给最大的灯烛点上了火。室内登时明亮起来,漂亮而豪华的家具——桌、椅、花架、大花瓶、匾额、金色鸟笼、瓮、吊灯、卧榻、水壶都色彩斑斓、形状各异地浮现出来。

"老头子在这里值宿吗?"

"是的。"

"把他传来!"

侍女们一齐点头领命,各个手持提灯退了出去。

玉环绷直着身子默默不语。她看不出是不是真的出了什么可疑之事。玉环也不知道自己到底睡了多久。既像刚刚入睡,又像过了好久似的。五体中逸乐的余势尚未全消,体内还封闭着热气,只皮肤表面像石头那么清冷。

玉环怎么也不相信坐在自己身旁的玄宗,就是刚才爱抚过自己的掌权者。世上最大的掌权者所用的甜言蜜语,掺杂着无限的恐怖和无限的温柔。玉环是被他那权势给挫败了呢,还是被他那体贴给打动了呢,虽然无从判断,但却被他那山崩一样粗野的柔情所爱抚,被他那洪水般的猛烈劲儿,给拖到无限的静谧中去了。

可是如今坐在自己眼前的这个人物,他与权利和爱情仿佛是没有什么关系,因为他就连眼睛看不见的东西,都吓得要死。

"快熄灯。点着灯会让人谋害的。"玄宗说。

玉环立刻熄灭了烛火。寝室又是一片漆黑。这时,走廊里又有几个人蹑足走近的声音,重新撕开夜幕。当一丝光亮照进房间时,在寝室门口听到低低的声音:

"高力士现在奉命来到。您这回该放心了吧?高力士怎么会不在馆驿伺候陛下呢。请您放心地安睡吧。"

"你听,这声音非同一般。"

"是风声吧。"

"我听着不像。"

"是风声。不信,您看看我的脸色好啦,只要我这老头子在您身旁,陛下的身边就不会出什么事的。"

高力士的脸被手提灯笼的两个侍女用灯火从左右两旁照射着。杨玉环早就知道高力士这个名字,可见面这还是头一次。年龄据说是比玄宗皇帝人一岁,然而在灯火之下,看上去像是不止大十岁。那异样的面相,是宦官所独有的。高高的鼻梁耸立在满脸褶皱的正中间,每逢说话,大大的眼睛里就洋溢着温顺的光辉。但是一闭上嘴,突然眼睛就变得有种说不出的残酷。从面颊到嘴边,刻着几道又粗又深的皱纹,无论是说话时也好,沉默时也好,下半边脸总是笑容可掬。但是,他并没有笑,只是看上去像是在笑而已。

"陛下,请即刻安息。"

"有段时间没喊你了,可今天夜里又叫起你。"

"离上次还不到十天哩。"

"是吗?——你可以回去了。"

高力士施罢一礼,站了起来,这时他才第一次瞧了玉环一眼。在这一瞬间,玉环不由得打了个冷颤。她感到这个人不简单。如今在自己面前的这个非男非女的令人不快的动物,不像一般敌手那样赤裸裸的,定是个难以对付的心狠手辣的家伙。

站起来时,看到高力士身材很高,他年轻的时候想必体格很好。然而当他背向自己时,看到明显的是副削肩膀。

在这次事件之后,掌权者也许是闹腾累了吧,一倒下来立刻就睡着了。有股查明高力士的的确确值宿在宫殿里,因此放下心来的孩子气。然而事件到此并未结束。约莫过了一刻钟,玄宗又一次蓦地从床上欠起上半身,仍然重复着刚才那句话:

"快叫老头子,叫高力士!"

"您怎么啦?"玉环问道。

然而这话玄宗没有听见,他又叫道:"谁在这里?快传高力士!可疑的人躲在屋里哩!"

"没有这回事。"

"不不,这可非同寻常。"

听了这话,玉环也从床上欠起上半身。一会儿,侍女们拿着提灯出现了。同刚才一样,又点燃了灯烛。

"去叫老头子。"玄宗说,稍停,又改口道,"不用叫高力士了。你们都出去。"

"亮着房间的灯,您起来吗?"玉环问道。

"用不着。"玄宗回答说。

玉环又熄灭了灯火。但是又过了没有多久,在黑暗中又听到玄宗的声音:

"那是风声吗?"

"是的。"玉环回答。

实际上风声已经很远了,只有侧起耳朵细听,才能听到远处的风声。

"传高力士。"

玉环感觉到玄宗要起身。呼唤那么一个年老的宦官,就能壮胆,这真是怪事,然而玄宗却抵御不了呼唤高力士的诱惑。

"那是风声吗?"

"是风声。"

"风声中怎么有人呐喊?"

"不,只有风声。您再仔细听听。是不?是风声吧?"

掌权者这回想断然探起上半身。玉环好像不让玄宗起来似的,用两只胳臂搂住玄宗的上半身。玉环的双臂就像细绳锁一样缠住了掌权者的身体,把他紧紧地抱在自己酥软的怀里。

"您听,是风声。"

"不。"

"是,是风声。"

玉环把孤独的掌权者的身体搂在自己的两臂中间,为了从对方的耳际消除这叛乱的呐喊的幻觉,也为了绝不让他喊出高力士的名字,用自己丰满的胸脯严严实实地把他的脸给覆盖住了。

"您听,再也听不见了吧?"

这回玄宗没有回答。

"刀刃就是刺中妾身,也刺不到陛下。"玉环说。

如今,玉环感到这位掌权者是那么软弱无力。他一方面是力量,是天,是命运,有时猛烈得像黄河之水那样难以驯服,但同时又常常是对某种东西感到害怕的渺小而孤独的灵魂。玉环觉得对这样的人,用自己的肉体是无论多少都能把它包裹起来的,而且只要自己想这样做,也能够用自己的肉体严严实实地捂住他的嘴,使之窒息。

玉环已经觉察到自己的肉体,正在变化得与过去的自己完全不同了。玉环觉得这个无力的掌权者是神付托给自己的,明日一早在她把他交还给神之前,必须把他用自己这冰冷的满是脂肪的双臂,温柔地包裹起来。这是在此以前的玉环所不曾体验过的、有充分价值的、伴随着恍惚的爱的表现。

春宵苦短日高起
从此君王不早朝

《长恨歌》中是这么唱的。玄宗皇帝次日早晨在寝室里睡到很晚才起来。而且以这一天为界,再也不一早临朝处理政事了。

杨玉环出生于蜀地。玄宗皇帝向她询问蜀地的音乐时,玉环曾答道她自幼离开蜀地,对蜀地音乐不甚了然。实际上也是如此，不要说对于蜀地的音乐，就连蜀地在哪里她也许都不知道。随着父亲的死，一家陷于离散的境地，杨玉环辗转于几个家庭，最后在河南省（洛阳）士曹杨玄璬这一人物的家里，度过了少女时代。

对于出生于蜀一事，自己既信以为真，别人也不怀疑。其容颜和体态完全清楚地说明了她是生于南方。多脂肪的丰满的身体，是北方人所没有的。而且那眼睛的明亮清澈具有蛊惑人心的美，这也是北方女性所看不见的。其次是她那对多汁水果和香辣味的嗜好，也让人觉得是南方血统的人。

杨玉环不能不感谢自己生于阳光充沛的土地上，她那南方血统的美貌打动了寿王瑁的心，终于才成了他的妃子，大大地改变了自己的命运。当玉环抓住册立为寿王妃这一大幸运时，也不管自己是否愿意，必须有自己新的户籍。这时，一直养育她的杨玄璬成了她的父亲，玉环作为他的长女申报了上去。杨玄璬的身份虽不甚高，但是作为杨氏家族，却是可以通达无阻的旧家，也是名家。在远古曾与隋朝皇室杨氏保有关系，自古以来代代曾任地方官。玉环入寿王府时，才成为杨玄璬的长女，借名门杨氏之姓，取名为杨玉环。蜀地所生，就连她的来历都不甚明了的女性，如今却从寿王妃扶摇直上成为玄宗皇帝的妃子，她真是走了红运。

第二章

　　玄宗皇帝最初把杨玉环召到骊山温泉宫,是开元二十八年(公元七四〇年),玄宗五十六岁时的事。年号是把开元二十九年作为最后一年,次年起就改为天宝。杨玉环也就是在世人所说的开元之治的太平盛世的末尾,来到玄宗面前的。玄宗自从把天下的政治操于自己手中以来,到此时为止,已经过了将近三十年的岁月。在他统治下的开元年间,正处于可与鲜花盛开的春天比美的唐朝的全盛时代。玄宗时代政治畅行,也没有值得一提的战争,天下之民得以从心底里乐享太平。诗人杜甫后来在回忆这个时代时,曾唱道:

　　忆昔开元全盛日
　　小邑犹藏万家室
　　稻米流脂粟米白

公私仓廪俱丰实

九州道路无豺虎

远行不劳吉日出

齐纨鲁缟车班班

男耕女桑不相失

宫中圣人奏云门

天下朋友皆胶漆

百余年间未灾变

叔孙礼乐萧何律

不必赘言,这是杜甫为开元治世所唱的赞歌。总之,这个时代食物充盈,治安良好,人民安居乐业,人心安定,也没有天灾地异,人情风俗亦不失诚,真是个太平时代。但是,之所以能持续这样的太平时代,那是在玄宗二十八岁即位,作为年轻天子执掌政务之后。在此以前的时代,是绝然谈不上安定,也谈不上和平的。

玄宗作为睿宗之第三子,生于嗣圣二年(公元六八五年),讳隆基。是被尊为唐代第一英明天子太宗的曾孙,高宗和则天武后的孙子。母亲为窦氏。

隆基出生时,父亲睿宗曾为天子。但是天下大权不在睿宗手中，而是握于睿宗之母、相当于隆基祖母的武后手里。武后死后谥为"则天大圣皇后"，一般都知道则天武后之名，她为人崇尚华丽而权力欲极强，残忍，淫荡，聪明，公平，集复杂的性格于一身，既难肯定，又难否定，总之是个除了称之为女杰以外别无恰当称呼的女性。

武后原系山西出生，十四岁时入太宗后宫，太宗死后曾一度为尼，不久又被高宗接出，收入后宫。高宗是把当尼姑的父亲的情人，收为自己后宫的。为葬亡帝之灵而当上尼姑的当时的武后，无疑是贞节而贤淑的女性，然而进入高宗的后宫之后，其性格慢慢地发生了变化。或者是突然之间连她自己也不知道，另一种在一切方面都诡谲难测的东西，飞进她的灵魂中来了也未可知。

武后排挤掉皇后和高宗所宠爱的妃子，获得了皇后的地位，对前皇后和皇帝的其余情人们也绝不宽容。把皇后和爱妃都废为庶民还感到不足，对她们实行了幽闭，竟砍断她们的手足投到酒缸中去。武后当皇后时三十三岁，高宗则二十八岁。

于当上皇后的次年公元六五六年，武后废黜了皇太子，代替了病弱的高宗，逐渐开始自己执政。此后反抗武后的气焰虽曾屡次高涨，这一切对武后来说都是不足挂齿的小事。反抗者总是相继被捕,挨着个儿地砍头。以至朝廷的要职尽归武后一门。

六八三年高宗驾崩,以后名实都成了武后的天下,武后让自己的儿子太子显当了皇帝。那就是中宗,但是翌年六八四年废中宗,使其弟旦即帝位。这就是睿宗。翌年六八五年,生玄宗皇帝隆基。但是睿宗也在位不长。六九〇年武后废睿宗,自己即帝位,改国号为周,变年号为天授。此时武后年已六十八岁。

在这样刚毅的祖母操纵大权的年代中,隆基度过了自己的少年时代。隆基三岁时被封为楚王。武后即位皇帝的第二年,即允许七岁的隆基带仪仗朝见。隆基在这段时间,还留下了一个逸闻。武氏一族中一个封为郡王的人,曾在宫中斥责隆基的随从。隆基反过来把对方吼了一顿。在我家朝堂上像这样的人竟敢斥责我的随从,这是干什么!在非武氏一族就不算人的时代,隆基的这一言行,其勇敢足以使人吃惊。听到这话,武后高兴极了,据说从此以后越发喜欢隆基了。隆基九岁时,武后命人将与当婆婆的自己不睦的隆基的母亲窦氏抓起来杀掉了。而且在这一事件的余波下,睿宗的孩子们凡是封为亲王的,都降格为郡王,隆基也降为临淄王,幽禁在宫城里。但是,此后隆基独为祖母所垂青,十四岁时赐邸东京(洛阳），十七岁时，更赐邸长安。

即便是这样的武后，也未能战胜年老，七〇五年八十三岁时武后驾崩，长时间不得志的伯父中宗，诛武氏一族，即了帝位。七〇八年隆基任官卫尉少卿兼潞州别驾，时年二十四岁。

因武后之死，好容易免去女祸的唐朝，又不得不蒙受新的女祸。那就是中宗之后韦氏。她效法武后，自己也抱有收揽天下大权的野心。发生了韦氏毒死丈夫中宗，令自己儿子即位，自号太后的事件。当然她不发表中宗的死因，想含含糊糊地把中宗埋葬了事。知道这一事实的隆基，与姑母太平公主谋划，在某天晚上袭击宫殿，诛杀了韦氏一族。这是七一〇年的事。从此睿宗即位，立隆基为太子。

第三次女祸不久又来了。诛杀韦氏有功的姑母太平公主，在宫廷内开始有了极大的势力，她谋划撤掉隆基的皇太子地位。得知此事的睿宗为防止事态于未然，在位虽只二年，即将皇位让给了二十八岁的隆基。就这样，才有了玄宗皇帝。

年轻的天子玄宗即位的次年，将太平公主等一伙逮捕处刑，改年号为开元。长时间的女祸终结，开元太平时代从此开始了。

使玄宗皇帝得有开元之治的原因是什么，这是谁也不知道的。不消说,玄宗自己也不知道。自从玄宗当了皇帝,说也奇怪,国家治理得很好。总是在某个阴暗的角落里蠢动着阴谋的宫廷内部,一变而为异常光明。边境上也没有什么大规模的异民族的入寇了,长安和东京的街上夜间失盗也大为减少。而且连饥馑和天灾也比过去少了。

玄宗皇帝过了五十岁之后,每当听到臣子极口称赞自己的治世时,大都默然不语,右耳进左耳出。只当偶尔特别高兴时,对此曾发表过符合自己风格的谈话。这些话因时而异。

臣下们把世上的太平,尽都归于古今稀有的明君玄宗名下。年轻时的玄宗对此没予否定。他自己也以为确系如此。所以对臣下们的这些"我主圣明"的赞辞,毫不眼晕,不管怎么赞颂也觉得并不过分,再怎么进谀辞也觉得理所当然。

但是从年过五十之后,玄宗却对赞颂之辞不以为然了,非但不以为然,甚至觉得这些东西都只不过是令人烦躁的、空虚、没有任何魅力的东西。因此,玄宗总是多少面现不快,把这些当成耳边风。只在高兴的时候,玄宗如同自言自语般地说上这么短短的一句:

"姚崇之后无姚崇。"

此外就不再说什么了。这时臣下们只好低下头道:

"是。"

此刻掌权者在想什么呢？宰臣们虽然想着探索他的内心，但又无从探索。因为他们不知道是跟着打帮腔说前宰相姚崇是个豪杰好，还是不好。玄宗此时的冲动，实际上是想把这三十年间世上太平的原因，都归结在自己登极四年间就罢免了的宰相姚崇身上。

姚崇是则天武后时的宰相，后来被赶走，玄宗起用他，再次要他当了宰相的人物。再次任宰相时，姚崇提出了十条备忘录，皇帝如果答应照办就干，否则就辞却相位。这些要求就是废除苛法，施行宽大的政治，不准宦官干政，准许进谏，不得任外戚为官等等。哪一条都并非是做不到的。年轻的玄宗条条都照办了。到了年过五十的现在，好像方才明白了照这些办对于执掌天下大政的人来说是多么重要。可是现在的玄宗，却一条都没有照办。玄宗也没有把姚崇的形象长时间地放在自己的头脑里。因为其中有令人不快的事。

在另外心情好的时候，玄宗也曾说过：

"假如现在宋璟还在世……"

宋璟是姚崇推荐的人物，是从广州都督召见任命为宰相的。他也是只干了四年就被罢免了。他万事全都依法律行事，只能说他在守法上严峻无比。现在的玄宗，在脑子里却常常想起这个人来。但如今这样的人物，是哪里也找不到的。

宋璟对任何事都照法行事。玄宗不管问什么,他都能对答如流。他的回答全都是法。

还有在别的心情好的时候,玄宗也叨念过另外的人名:

"韩休!"

他只说了这么两个字。他既没说这个人伟大,也没说不行。然而这对玄宗说来,已经足够了。韩休也是宰相。仅仅当了十个月的宰相即被免官。然而在这十个月当中,韩休曾监视玄宗的所作所为。这种监视是极其严格的。哪怕看到一点不合天子身份的行为时,也不知道他是在哪里盯着来着,就有韩休那矮小的身子出现,突然坐在玄宗之前。玄宗从韩休口里所听到的,除了进谏的言辞之外再没有别的了。在韩休做宰相的时代,玄宗是既不能安然饮酒,也不能外出打猎的。托他的福,玄宗瘦了,可是因此天下却肥了。

年过五十的玄宗,常常想起姚崇、宋璟、韩休三个宰相。心情最好的时候,心地纯朴的日子,他感到有一种把臣子们对自己的赞辞原封不动地给予三位宰相的冲动。这三个人,都是现在在玄宗身边所找不到的人物。进谏这类的言辞,在耳边总是听不到。

但是,玄宗现在一点儿也不期待出现这么三位宰相。这样的人物,允不允许他们今天在自己身边存在,都甚可疑。就是没有他们，也能毫无影响地治理天下。

　　玄宗在酒席宴前曾经意外地觉察到过自己成了孤家寡人。文武百官像众星捧月般地排列左右的郑重场面也好，胡姬美女们歌舞的宴席上也好，或者在大极殿接见外国使节时也好，一瞬间，玄宗忽然感到自己孤孤单单，过去围绕着自己的一切，人也好，物也好，一齐都远离自己而去。玄宗在这时，感到这个孤零零的自己，好像被放在一个洞窟里似的。那里弥漫着含满水汽的冷空气，哪里也找不到出口。因为没有洞门，光线从哪里也进不来，像黎明前的黑暗那样，笼罩着薄薄的血腥味。

　　感觉到自己变成这样，也是过了五十岁以后。玄宗觉察到在这种时候，自己的心老是像叫喊什么似的激烈地跳着。这是严重的杀伐呢，要不然就是与之相反，把自己的一切都封锁在不可没有的对女色的迷恋上呢？玄宗总是克制着自己内心激烈的欲望。玄宗以为在人世上，自己还没有干而剩下来的，只有杀伐和荒淫。实际上玄宗也是除此以外的一切事情都做过了。就连天子在他这代只能进行一次封禅活动，他也已经做过了。受命于天的帝王在泰山祭天谓之封，在其山麓小丘梁父祭地谓之禅。这一活动是自古就有的，王者易姓，当王得到太平时，必须庄重地施行这一礼仪，向诸神谢功。秦始皇、汉武帝、后汉光武帝,近的来说,高宗和则天武后也进行了这个活动。玄宗是开元十三年十一月隆重举行的。玄宗考虑保持灵山的清净,将扈从人员限于一定数量,登山时是免去坐辇,乘马上去的。这一仪式除文武官员以外,也有许多外国使节参加。这是为了在地上生活的人类而举行的,所以盛大无比。是为了玄宗与天神说话,与地神交谈。是作为地上掌权者会见神仙的。

举行过封禅的人,实际上已经再没有什么不了之事了。人类所办的一切与之相比,都显得微不足道。玄宗无论是想起自己所干过的什么,已经感到再没有魅力和被吸引的事了。要说有的话,也只有放着一点点磷光似的妖光的杀伐和淫荡还有些快乐。

但是,玄宗并没有长久地滞留在孤独的洞窟里。这种心绪忽而向他袭来,又忽而把他赦免了。玄宗总是像从梦中醒来那样,从那样的心绪中醒过来。对杀伐的追求也好,对女色的迷恋也好,都是瞬时即逝,这仍是袭击玄宗的千真万确的事实。玄宗一恢复理智,总是感到在额头、腋下和掌心黏汗淋漓。是明君还是暴君只不过是相隔一层纸。玄宗作为带来开元之治的英明天子,活到了今天。但是他随时都能够成为暴虐淫荡的天子。

玄宗从这样的黑洞窟挣脱出来，苏醒过来时，总是想起两个已故的妃子。一个是玄宗年轻当临淄郡王时娶的王氏。王氏是名副其实的糟糠之妻，玄宗即帝位时当然立为皇后，因获罪被废，成为庶民而死。另一个人是出身于则天武后一族的名门之女武惠妃。王皇后因兄之罪的失足，传说实际上是出于武惠妃的阴谋，然而玄宗深爱武惠妃，没有听信这种谣传。有关武惠妃的名声不甚好的谣传，还不止于此。另一妃子赵丽妃所生的皇太子的被废黜赐死，皇太子妃子之兄的被杀，世间议论纷纷，也都说是出于武惠妃的谋略。玄宗对此也不以为然。玄宗认为她们之所以受到惩罚，是罪有应得。玄宗觉得至少是如此。武惠妃四十岁就死了。到了四十岁，她那容颜也丝毫不见衰老，而且才气焕发，在一切方面都是玄宗的最好的谈话对象。

玄宗常常想起王皇后和武惠妃这两个性格、容貌完全不同的女人。王皇后较为不幸，玄宗对她多少有些愧怍于心，在她死后，才知道自己是多么深爱着她。至于武惠妃方面，死后已经给她谥名贞顺皇后，建庙于长安的道教寺院昊天观之南。

这个常常发现自己处在孤独的洞窟中的开元太平盛世的君主，在五十过半之年，杨玉环来到了他的身边。杨玉环自己虽然不得而知，但她所不得不为之事，当然是既艰巨而又复杂的。她既必须来填补王皇后和武惠妃这样两个受过玄宗宠爱的女人死后的空虚，又必须给这位举行完封禅仪式后的老君主如今已经麻木不仁的身心注入新的生命。有时她还得起姚崇、宋璟、韩休三个宰相的作用。因为这些统统都集中到一起了，它使玄宗皇帝常常掉进冰冷而孤独的洞窟。于是杨玉环必须巧妙地让这个潜藏在洞窟中的追求杀伐和女色的难于对付的动物就范。杨玉环若是想干的话，她是办得到的。她二十二岁。玉环看了看自己的手。这手又白又凉，一碰使人感到有点像油脂那样黏软滑润。她用这只手摸了摸脸颊。脸颊异常丰满。沿着脸颊把手放在嘴边。登时让犬齿挂住了手指。这犬齿小巧美丽，像兽牙一般尖锐。这牙要多尖有多尖，咬起东西来要多柔和有多柔和。

杨玉环作为女道士改名杨太真，进了长安的宫中。这是在骊山的温泉宫待了半个月之后的事。太真这一名字，是按她住的宫殿太真宫的名字取的。

玄宗想让玉环当道教的女道士，想以此按世俗的办法来修补自己同玉环之夫寿王的关系。成为道教的女道士这件事，简直只能是同她丈夫的离婚宣言。尽管这不过是一时之便，既然让玉环当女道士，说明玄宗是深信道教的。道教是以老子为教祖,以张道陵为开山祖师的多神教。它扎根于古代的宗教思想和民间信仰,又吸取学术、天文、医术,甚至把儒教和佛教也收了进来,是个颇为复杂的宗教。在古代的中国,道教与儒教、佛教并列大兴,其所倡导的长生不老、腾云驾雾、转身变化等术,深得广大民众的心,从秦始皇、汉武帝开始的历代皇帝,信奉者极多。其中也有的天子认为神仙之说原本虚妄,从而不信道教的,但是因它在民间深深地扎下了根,也不能对它实行全面的镇压。

唐朝时,高祖、太宗没把道教引入宫中,以后到了武后时代,道士等人就大摇大摆地出入宫廷,玄宗之父睿宗也信奉该教,玄宗就继承下来了。

玉环初时觉得玄宗加入道教还有些奇怪,不久便也不感到有什么不可思议了。这个握有人类所能握有的最大权力的玄宗的心,若是梦想能够实现,那便是想长生不老、腾云驾雾或转眼之间自己变为别的什么东西。如今能够吸引这个掌权者的心的,只有杀伐和女色了,然而这二者玄宗是有所抵制的。不抵制那就必须取下明君这块招牌,使自己变成暴君才行。这样一来,道教带给这个孤独的掌权者的灵魂的,是无与伦比的明朗、自由、豁达和快乐。而且那还是所有人类无一例外的梦想,在人世上还没有哪个人得到过。

玄宗不喜欢听道教的说教。以德治世的儒教说教,他从小就听腻烦了。比起这些来,还是神仙之术有魅力。一样的话无论听多少遍,他是从不厌倦的。他原本就很知道神仙之术不过是虚妄之谈,自己的内心也感到确实如此,可是尽管这样,关于得到长生不老之药能够永远活下去的故事,无论何时听起来也觉得新鲜,而且百听不厌。

玄宗请来道士让他们宣讲这些故事的时候,玉环总是侍候在玄宗身旁。她在一旁眺望着玄宗是怎样渐渐被那故事吸引住的。她觉得在人世上再没有人像他那样希望长生不老的了。玄宗在道士的说教刚开头时,觉得无聊,可是在听的过程中,玄宗的表情却渐渐地变了。他就像让道士给念了咒语似的,眼睛带上了异样的光彩,紧紧地闭着嘴,而且整个脸上,不知怎么有些悲戚。使人感到那神妙劲儿,就像有股把食物摆在狗的面前逗弄它又不给它吃,和它随时都会跳过去抢似的热情。

晚上与玄宗同榻的时候,玉环曾与玄宗悄悄说过:

"陛下想长生不老吗?"

说罢,又定定地望着玄宗说:

"可是,这是做不到的。凡是有生命的东西,都得死。这便是人世上可悲的法规。"

玉环总是这么以自己的手,来解开让道士用咒语给定住的玄宗。

"像这样陪伴陛下的晚上也是有限的。若能无限地继续下去,我想那该多么好啊。可是遗憾的是,这是有限的。"

从世上最留恋生活的人身上,就像一层层地脱去衣服一样,剥掉他长生的梦想。然后她便作为早晚会死的人,进了老掌权者的怀抱。玉环详细地说给他听,他也非死不可。掌权者抱住这个嘱咐自己而她也得死的女人。

在这间充满着死的想法的寝室中,他们交换着眼前生的欢乐。这山盟海誓,总是会成为爱的结晶的。像珍珠那样玲珑、洁白、坚固,闪着光辉,它悄悄地结晶在玄宗的内心的褶襞里。玉环在夺得玄宗的身子的同时,还必须夺得他的心。不这样,便不能从三千后宫中独得老掌权者。

玉环被玄宗召来的翌年开元二十九年,玄宗从正月就行幸温泉宫。当然有玉环伴随。在这温泉宫里,玉环与梅妃第二次见了面。与梅妃第一次的见面是玉环被玄宗召来的当夜,这时梅妃那目中无人的骄傲印象,一直没有从玉环的心里消除。她觉得那恐怕是终生难以消除的吧。这第二次见面是在温泉宫宽阔庭院的一角。庭院形成缓缓的斜坡,分为若干层。玉环带着两个侍女,从最下边的庭院到上边的庭院,一层层地照着小路攀登。正在这时,玉环与从上面下来的梅妃不期而遇。梅妃也带领着两三个侍女。玉环一看到梅妃就停下了脚步,把身子靠到路旁,想为梅妃让路。梅妃也是如此,同样停下脚步,没有再往下走。这时梅妃的一个侍女过来郑重地说:

"您是不是想到上面的庭园来?"

玉环的侍女答道是的。梅妃的侍女说:

"到上边庭园当然可以,不过,不过请不要到梅园里边来。"

玉环的侍女问那是为什么,梅妃的侍女回答说:

"梅妃在作出诗来之前,禁止任何人到梅林中来。她是特地恳求陛下下过命令的。这事不能不让您知道,所以才告诉您一下。"

玉环听了以后,让侍女回答说知道了,等着对方下来,可总不见要下来的动静,自己只好照旧上去,用眼睛给梅妃施了个礼,便从她前边走过去了。梅妃还以为玉环会等自己下去以后,她再上来呢,谁知玉环没理这个碴儿,径直走了上来,这事使梅妃很不痛快。梅妃的侍女在玉环的背后说:

"嚄,脾气还不小呢!"

玉环走到上面庭园一看，果然在右手有座很宽阔的梅林。玉环也不管侍女的担心，径直朝梅林里走去。梅花正含苞欲放。仰着头从紧紧包裹着花蕾的树底下往前走，可以看见到处都有绽开的雪白的花瓣。玉环命一个侍女折下一个小花枝来，然后把它拿回自己的房间摆在屋角的花架子上。

玄宗进房间时，玉环指给他看说：

"我擅自折来了梅妃梅林中的一枝梅花来了。在世上的花中，我也最爱梅花。"

玄宗道：

"既然如此，就把那梅林的一半赏赐玉环吧。"

"一半？"

"你都想要？"玄宗问，"都想要就都给了你吧。"

"梅妃答应吗？"玉环问。

"管她答不答应呢，就说我给的。"玄宗说。

"我不仅要梅林，还想要梅妃的馆邸。"

"想要就给你。我命梅妃回长安。"

"在长安的大明宫中，也数她的房子最好了。"

"你想要，也赐给你。让梅妃搬家。"

"人们传说梅妃的侍女　色都是聪明人。"

"你愿意网罗聪明人，尽管去找。若是想要梅妃的侍女，也赐给玉环。"

"我还想要一种东西。"

玄宗用多少复杂的表情,盯着玉环的眼睛出神。

"刚才说的这些我都不要。同这些相比,是陛下给了梅妃的那颗心。我想要的就是那颗心。"

听到这里,玄宗改换了表情说道:

"还有呢?"

"再什么也没有了。"

"最重要的你给忘记了。"

"是什么呢?"

"玉环想要的难道不是梅妃的命吗?只要你想要,也不会不给的。"玄宗笑了。

"要梅妃的命顶啥用!我想要的是袒护她的心。"玉环说。

玉环感到玄宗在袒护梅妃。既没有罪又无过错,却把梅妃的东西都剥夺过来满足玉环的一切愿望,都给玉环,这事玉环不管怎么想,也觉得不自然。这样做对梅妃一点儿也没关系,玄宗还会有更好的东西给梅妃的。玄宗当着玉环的面一口说定他只宠爱玉环一个人,其实此时也许他正想在玉环的眼皮底下把梅妃藏起来呢。

现在在长安的大内、大明、兴庆三座宫殿和洛阳的大内、上阳宫殿里,正拥挤着三千后宫。而且凡是长安所流行的东西,不管发型也好,衣服也好,游戏也好,都是在这些女人之间兴出来的。如今市井上流行的胡帽男装骑马,原也是在宫女间流行的。很多宫女用红妆(浓妆)时,京城的女子之间就流行浓妆;宫女们时兴使用犀牛角和象牙梳子,市井便也流行起来。玉环一点也不想知道有关这些宫女们的事。她对此漠不关心。这些人只不过是满足老掌权者欲望的一夜之间的玩物。这种人越多越好应付。倒是梅妃使她担心。

玉环对于梅妃,把能了解到的,大体上都掌握了。对于这个连自己生下来带着个玉环的事都知道了的女人,玉环觉得自己也应该对她了如指掌。梅妃姓江,福建人,父仲逊,世代以医为业。梅妃自幼读诗,父亲取《诗经》中的诗篇《采蘋》中的诗句为女儿命的名。梅妃二十岁时,由高力士推荐,从福建上京。入后宫,忽然之间便集玄宗之宠于一身,以至于今。

梅妃与玉环在一切方面都相反。玉环身材小巧,较为肥胖,梅妃则身材细长。玉环过去从未将自己的感情寄托于文字,而梅妃却巧于以诗的形式抒发自己的情怀,而且还画得一手好画。玉环喜爱音乐,会玩乐器,能歌善舞,但全无绘画天才。

梅妃喜好梅花,在长安的自己屋前栽着几株梅树,玄宗为之亲笔题了"梅亭"匾额。梅妃之名也是玄宗所赐。

玄宗皇帝年初的几天是在骊山过的,为了赶上一年到头最盛大的节日活动元宵观灯,他从温泉宫回到了长安的宫城。玉环也跟随着玄宗回来了。

所谓元宵,指的是正月十五日的晚上,中国自古以来,作为正月的节日,就有把这个十五放在中间,前后各一夜,家家户户门前灯笼相连,三天三晚玩耍祭祀的风俗。这风俗是从隋朝开始的,唐朝更普及,到了玄宗时更加盛大了。这种活动,城乡都是一样的,但数长安的元宵最为高级,每年年初的三个晚上,一种异样的兴奋,笼罩着京城的街街巷巷。各家的灯笼都争奇斗艳,各自费尽心思,夸耀其数目之多,比赛技艺之精。

灯树千光照
花焰七枝开

这是隋炀帝诗中的一句。隋朝虽然也极盛一时,但却不能与玄宗时代相比。如今大街小巷都扎灯笼棚,所有的道路都饰以灯火,在其中彻夜狂歌乱舞的男女,络绎不绝。这三天里因解除了宵禁,一般庶民自不必说,就连公主皇妃都要出皇宫的。玄宗父亲睿宗的先天元年(公元七一二年)的正月十四、十五、十六晚上,在安福门外扎下二十丈高的灯轮,被以锦绮,饰以金银,点上五万多盏灯。据记述,从远处望去如同花树一般,到了玄宗时代,规模更大了,各条街巷都做大灯轮,整个京师都埋在花树之中。

玉环在这天晚上,带着几名侍女出了太真宫,到京城大街上看热闹去了。路上坐轿,一到街中心,就和侍女们一起步行。玉环自从当上寿王妃,就被禁止自己上街,可是只有这一年一度的元宵观灯的晚上例外。谁也没注意到玉环是个什么身份的妇女,即使知道,也不会有人在意。只这么一夜不讲礼仪,没有上下贵贱之别。玉环让一名侍女买了一个假面具戴在脸上,也让侍女们都戴上。然后走进人流中去,在满是灯火的市街上步行。街上所有的空坪隙地都有饭馆子临时开张营业,所有的广场都搭着马戏棚子。酒馆的摊床和表演杂耍的小屋,也都装饰得灯火通明。

玉环挤进人流里,和侍女一起随着人流滚动,半路上迎面而来的人流中,意外地发现了高力士的身姿。高力士那高大的身躯,和平常在宫殿中所见的不同,看上去极为悄然无力。

他身后有几个随从,就像由随从们护卫着似的往前行进,一点也没有带随从的那种威严,由着背后人流的推拥,挤到哪里算哪里。这些地方也还是表现出了高力士的宦官身份。

玉环因为戴着假面,不必担心让人发现。玉环继续盯着高力士。在这灯火通明的街上,高力士仿佛置身于异样的兴奋之中,但看上去却掺杂着一种与这样的夜晚不相协调的表情。

玉环与高力士擦身而过之后才摘下了假面,她问身旁的侍女们道,刚才过去的是高力士,你们注意没有。侍女回答说没有注意。这时,侍女欲言又止,突然表情僵硬地小声咕哝道:

"梅妃!"

玉环四下里看了看,没看到梅妃在哪里。

"在对面。"

按这话,玉环往前方人流中扫了一眼。没错,正是梅妃。梅妃也带着几个侍女。当梅妃映入玉环眼帘时,梅妃也好像看见了玉环。梅妃一伙人欢声笑语着走近前来。梅妃的侍女们似乎相继发现了玉环这边一伙人,个个都改变着表情走了过去。

这两个女人们的小集团,相遇时表情极为平静,很快地就擦身而过。玉环在相擦时看了梅妃一眼,但是梅妃明知是玉

环,却有意识地转过脸去,说了声:

"这肥猪!"

这句话被玉环听见了。这明明白白的是梅妃一伙当中发出的嘲骂声。玉环听见却装没听见的样子,没和侍女说什么,照旧走了过去。

玉环知道骂人的话是出自梅妃之口,不管对玉环这边持有什么样的反感,也不像是从侍女们的嘴里说出来的。玉环极力压制着自己愤怒的感情。这剧烈的愤怒是想把对方从世上抹杀掉。自从生下来以至于今,还没有被人骂过猪。这愤怒,忽然变作了别的东西。这是因为她想起了高力士。高力士一伙和梅妃一伙,他们彼此都是没有发现对方就卷到那个人流里去的吗?或者是,那两个集团原本就是一个东西,是半路上才一分为二的?或者说不定高力士是站在梅妃一伙的前边,担任护卫梅妃的任务的。

玉环停步在灯火通明的大街正中间了。她觉得浑身冻得冰冷。有一伙醉醺醺的人边舞边走,差一点把玉环给卷进去。玉环被这个旋涡给挤得摇摇晃晃的,侍女们靠近过来。到处响起无数乐器的喧闹声。

玉环觉得自己如同被敌人围裹着的一般。敌人准是想抹杀自己。自己如果不愿被抹杀,就得抹杀对方。进了宫廷的所有女人无论如何也得坐的这把孤独猜疑的椅子,玉环在这个元宵观灯的夜晚也得坐上。

杨玉环对自己被封闭在太真宫深感不安。被封闭在太真宫当女道士,不消说只是一时的权宜之计,等到世人的眼目从这一事件移开的时候,自会正式入后宫受到相应的待遇的,但是,在此之前她安不下心来。因为并无一定会如此的保证。在这个世界上,老掌权者对谗言比谁都要软弱,一旦有人向玄宗进谗言,他简直不是对手,立刻就会上那谗言的当。这时倘若自己已正式进了后宫,巩固了自己的地位,就能够找到雪洗冤仇的机会和方法,但是只要自己仍是一介女道士,则完全处于无力和无准备的状态之中。

玉环觉得自己必须尽早地入后宫。事实上她也正在每夜侍寝,集宠爱于一身,使三千后宫失去了颜色,然而玉环自身对此丝毫既没满足,也没安心。

玉环不喜欢女道士太真这个名字。玄宗叫她太真,太真,宫廷内所有的人也都对她以太真相称,然而每逢听人叫她太真时,总觉得有一种不安。

玉环在半夜,把脸埋在玄宗的胸前时,小声地说:

"我讨厌太真这个名字。"

不但对这个名字，玉环提出任何一个小小的要求时，都是在卧榻上进行的。白天见面时，玄宗皇帝说给她这个又给她那个，她都固辞不受。但是当两手紧紧地搂抱着这个孤独的掌权者，把自己的心与他贴近时，玉环就与白天判若两人了。这时她就会清楚明白地说自己想要什么了。她用再也没有比这更加纤细的声音，屏着气息去点燃玄宗心中最深处那盏孤独的小灯，用对方好容易才听得见的声音悄声低语。这话不需要给别人听。只要掌权者的心底的这盏小灯被这种悄声低语给打动，也就够了。

"把玉环叫作太真，您就高兴了？"

"太真不是很好吗？太真这名字很可爱。"

"那么说，您一定是想一辈子都喊我太真了。一辈子都把我幽闭在太真宫中，总是叫我太真、太真！"

"不会这样的。"

"不，准是这样。您叫梅妃'妃，妃'，可是叫我'太真、太真'！"

说到这里，玉环哭了。当真地流出了眼泪。她把脸偎依在玄宗这两三年来皮肤变粗、干瘪下去的胸部，用泪水把它浸湿了。太真流的不是假眼泪。说起辛酸事，心里真的辛酸起来；一说到悲哀事，实际上心里便满腹悲哀。这些本事都是玉环从小就学会的,玉环能够把自己的心情置于任何状态。谈高兴的话时也是如此。嘴里谈到高兴的事时,心里就会充满欢乐,眼里闪着欢乐的光辉,面部就会在一转眼之间被心里的欢乐弄得眉飞色舞、神采飞扬。

"这点小事也值得这么伤心?"

"您说是小事,可玉环却觉得非同寻常。像您关心下边那些男人那样,也替玉环想想。"

"我对你和对下边的男人,没有什么两样。"

"哎哟!"

真的像是惊愕的样子,玉环从对方的胸部微微地抬起了头。然后又像是让玄宗来看世上还有这么美的手指似的,用这娇嫩的手指,像在掌权者的心口上摸弄三弦琴弦般地往上移动。

"瞧,这儿是突厥;瞧,这儿是契丹;瞧,这儿是吐蕃;瞧,这儿是邻国南诏——哪儿还有我立足的地方啊!世上普通的男人的心胸里,可没有这些东西呀。他们把可爱的女人,像个开了口子的大瓮一样,一下子就全给装进去了。"

"那好吧,在我的心胸里,把吐蕃以外都赶出去。其余的胡族都不足畏。只留下吐蕃让它乱纷纷的惹人讨厌好了。"玄宗说。

实际上真的是除吐蕃以外,其他异民族都不足畏,只有吐蕃讨厌。玉环被召到温泉宫的前一年的开元二十七年三月,曾有吐蕃入寇。为此河西(灵武县地方)之地一时遭到骚扰。次年的二十八年十月和二十九年六月,吐蕃一再入寇。这对玄宗来说,是早晚必须采取措施的问题。

"只留下吐蕃和我?——真有这一天,我该多么高兴啊。莫非是做梦?"玉环说。

但是,玉环并不以此为满足。反正要赶出去嘛,她真想连吐蕃也一起赶出去算了。堂堂的大唐帝国的掌权者,竟然为吐蕃的入寇大伤脑筋,她觉得怪滑稽的。只要让一个优秀的武将专门去考虑吐蕃的事,他应该能够从吐蕃的事中腾出手来的。也并不是没有这样的优秀武将。问题在于玄宗对谁也不信任。但是把吐蕃从玄宗的心里赶出去,对玉环来说当然是越早越好。

玉环一面在寝室里向玄宗心里倾诉了自己的要求,可是一到白天,玄宗一触及这个问题,她就像完全变了一个人似的,红着脸说:

"玉环在寝室里所说的,一点儿也没有记住。我都说了些什么呢?准保是现在听起来,羞得人要塞起耳朵来的吧。我的淫欲、贪婪、任性和嫉妒,都是陛下纵惯的。请不要把我在寝室里所说的一切留在心上。玉环什么都不要。维持现状就已经很好了。只要能常侍陛下左右,就已经心满意足了。"

玄宗把它当作玉环的真心接受下来了。一接触到两个人在寝室里的谈话,玉环总是一副恐惧的表情。玄宗一提起,玉环就用双手捂起耳朵不要听,要从玄宗面前跑掉。

玉环的这些招人怜爱的举动,玄宗不会视而不见的。玄宗对于玉环,应该了解她的这两个方面。到了晚上,她就是个一点儿也不隐瞒淫欲、贪婪、嫉妒,低声悄语的可爱的小动物。而到了白天,她就是个极力想推开这一切,装作和自己内部的东西做斗争的、贞淑而又富于自我牺牲精神的气度高洁的美貌女性。

因此,玄宗是知道玉环希望着什么的,而且也知道她又是怎么没有希望着什么。玄宗也了解赤裸裸的玉环,玉环的肉体秘密和精神秘密他全知道。而且还知道玉环与这些东西无缘,至少是知道她在努力于同这些东西无缘。

玄宗叫玉环娘子,也让人们这么叫她。还给了她皇后一般的待遇。玉环到了晚上就要求,白天就拒绝,一面要求一面拒绝,玉环终于把这些变成自己的了。玉环不再叫太真而叫娘子,那是她进入太真宫以后刚好一年的开元二十九年年底。

这一年九月下了一场罕见的大雨雪。先是大雨,雨住了不一会儿就下起了大雪。玄宗为避寒气,十月就行幸温泉宫,十一月返回了长安。接着在次月的十二月,吐蕃攻陷甘肃的石堡城的消息报到了唐朝。

玄宗于次年正月下改元诏,把这一年改为天宝元年。在正月的贺年筵席上,群臣给玄宗奉上尊号。这个极长的尊号是:开元天宝圣文神武皇帝。玄宗以无所谓的心情接受下来。接着到了二月,改革了官名。似乎是以去年年底玉环改称娘子为契机,相继做了一系列的改变。空缺的宰相位子是不是该由李林甫来承袭的谣传,也是这时候开始的。

玉环被称为娘子,待遇也有了改善,这使得她能以新的心情来迎接天宝的新年。玉环并不那么急于当妃。玄宗皇帝方面是想一年以后册立玉环为妃的,而这次玉环是在寝室里固辞不受的。册立为妃她表示固然应该感谢,但是她要求至少要从现在起三年之后接受。玉环的主张,是玄宗纳自己儿子之妃为妃的风言风语,还未必已经消失,所以要求延至这影响全部消除之后再册立也未为晚。在玄宗看来,玉环是个思虑深、欲望少的女人。

从玉环来说当妃并不难,但要有个必要的准备。一当上妃子,敌人就会多起来。玉环在当妃的同时,至少必须在自己交椅的周围做些安排,以便在自己受到不管是来自哪里的什么样的攻击时,都能够安如泰山。玉环为了保持与宦臣高力士不即不离的关系,采取了急速与之亲近的态度。

玉环看来,在自己周围的人物中,高力士是最麻烦的存在。玄宗的所谓心腹宠臣有好几个,高力士这种情况似乎不算宠臣,而他却与玄宗的关系最为紧密,是一种特殊的关系。稍稍夸张点说,甚至可以说他就是玄宗的一部分。

高力士并没有采取讨玄宗欢心的态度。他说过别人有顾虑而不说的话,可是不管他说什么,玄宗都不生气。

玉环自从进了太真宫,曾深为注意观察高力士这个人物,可是一触及这个人在想什么时,便如堕五里雾。对玄宗来说,是应该受到欢迎的人物呢,还是相反呢,玉环连这点都无法判断。所能知道的是高力士会玩弄阴谋,权力对他来说是个弱项,但是欲望却颇深,在他的身上,这样一些宦臣所特有的应该否定的一面表现得相当露骨。据说现在担任高官显爵的许多人,都是因为与高力士勾结,才得到了现在的位子。尽管如此,在另一方面,还使人感到他侍奉玄宗既无私而又纯粹。

玉环被召来的第一个夜晚,玄宗半睡半醒地害怕而喊叫高力士,这类事在那以后,也时有发生。玉环想努力从玄宗的心里去掉刺客的幻影,实际上也把玄宗的惧怯在某种程度上消除了，但是却不能把它完全消除，每月仍然大约有一次，玄宗深夜从床上起来喊叫高力士的名字。

"老头子在吗，高力士不在吗？"

每当这时，高力士总是踏着长长的走廊赶来。只要是知道高力士在馆内值宿，玄宗那病态的恐怖心就消失了。在这一点上，玉环也不能不感到自己远不如高力士。

高力士在表面上，对于一切政治上的事都缄口不言。但是，在内部，谁都能充分想象得到他有重大的发言权。玉环只是不明白，那发言是为了高力士自身的利益还是为了玄宗的利益。

高力士于嗣圣元年（公元六八四年）生于番州（广东省的一个地方），比玄宗年长一岁。本姓冯，母麦氏，据说为高延福所收养，才改姓高的。圣历年初（公元六九八年左右）由岭南节度使作为阉儿（阉割了的男子）献给了皇帝，进入禁中，长时间伺候武后，在司宫台（内侍省）当了掌管后妃馆的出入的官。到了玄宗这一代，立即得到了玄宗的信任，形影相伴地不离其身旁以至今日。据传言太子亨立为太子之事，就是由于高力士的推荐，因此亨对高力士以兄事之。

改元为天宝的这年的五月，玉环第一次把高力士召入馆内，共进晚餐。玉环同高力士每天都见面，可是从未两人共同

进餐和单独谈话。玉环对高力士,极尽款待之礼,席上玉环说道:

"玉环自帝召见已有一年半之久,对后宫的女人是个什么样子也大体上有了了解。因此今天把你请来,再次恳求你为玉环尽力。"

高力士答道:

"受妃君之托,高力士不胜荣幸。"

高力士总是称玉环为"妃君"。

"高力士愿为妃君效劳。今日听了您的吩咐,无比高兴。"

高力士的眼神看上去比平时更阴冷了。在他那满是褶皱的脸上,只有眼睛还有点生气。话从他口里出来时,脸的下半边筋肉懦怯地动了动,在这种情况下,他眼睛仍然有着表情。玉环知道了要想察知高力士这个人物的内心,只要注意他眼睛的动作就行了。他的眼睛里有时有温和的光,有时有残酷的阴冷。总之,说话时显得温和,闭口不言时就变得冷酷了。

"高力士常常想到一件事,让我把它说给您听听。"高力士突然说道。

玉环觉得让对方抢先了。她想暂且把在自己心里反复考虑的事,突然摆在对方面前,向对方兜出一切,心想这下子可抓住对方的心了;可是现在看来,这个刚好相同的事,却让高力士对自己做起来了。

"妃君嫁给寿王殿下时,是作为杨玄璬的女儿登记的。但是这会怎么样呢?玄璬只有杨鉴这么一个儿子。也就是妃君只有这么一个弟弟。如果可能,希望您能有更多的兄弟。妃君正式成为妃子时,不论怎么说,兄弟是最好不过的力量了。"高力士说。

玉环默默不语。她对高力士说的话的意思还不明白。

"现在您仍然当杨玄璬的养女您看如何?先嫁给寿王殿下的玉环是亲生子,这回当上妃子的玉环是养女。——这就成了有着一样名字的女儿和养女了。把这件事只在文书上写一写,若是年深日久,再过五十年、一百年之后,就生效了。我觉得陛下也好,妃君也好,一定都希望着这天。这就成了当上寿王妃的玉环和当了大唐帝国妃子的玉环,是同名的两个人了。"

"这么做有人相信吗?"

"即使不信,我觉得也比不这么做好一些。不管对谁,还是以不说明真相为好。——这样一来,作为玄璬养女的妃君,就成了另外还有生身父母了。把这生身父母说成是谁呢,问题就在这里。照高力士想,玄璬有个哥哥,名叫玄琰。选他作为您的生身之父较为适宜。第一个理由,是玄琰已经死了。——当您生身之父的人,务必是死人,才少挂碍。第二个理由,他有四个子女,也就是说妃君有一个哥哥,有三个姐姐,有幸的是这几个人都生性聪明。妃君正式册立为妃的同时,这几位当上妃君的兄姊,各就显职,就成了妃君最大的力量。这样,您的养父玄璬自不必说,其他众多的杨氏一门,就都会得就要职,来巩固妃君的周围。这样一来,妃君的地位就稳如泰山了。——无论怎么说,能为妃君出力的还是您的杨氏一门。尽管不是亲骨肉,这都没有任何关系的。他们是沾您的光而飞黄腾达的,怎么会不为妃君出力呢?如果妃君没有异议,为了早日实现这个计划,高力士愿从今日起为您尽力。"

高力士一口气说到这里,就闭口不言了。好像是在说,喂,这回该你的了,只把大耳朵朝向了玉环。

"我什么都不懂。你认为好,就按你说的办吧。"

玉环委婉地说。然后玉环凝视着他那个奇妙的满是褶皱的动物般的脸。对自己来说,他究竟是敌是友依然难以判断。

"妃君,您以为奴婢们是什么样的人?奴婢们是没有任何力量的。奴婢所奏,非得妃君用自己的力量来做才行。只有妃君,现在是独自有力量做到一切的。此外还有什么人有这么大的力量吗?照奴婢的考虑,暂将您的亡父玄琰说成济阳(山东省某地)的太守。尊意如何?"

"很好。他在九泉想必也高兴。怎么样,就这么办好了。"

"这就看妃君您的了。"

"我怎么能办这件大事！我哪里来的这么大的力量？我只要活在世上，只有依赖陛下和你了。——对我自己的事，我亲自和皇帝说，此外的一切，就都仰仗你了。"玉环说。

听玉环这么一说，高力士就"哎呀呀"地现出为难的神色，但是他内心里应该是没有什么不快之处的。

从此，高力士常常到玉环这里来，玉环急速地与高力士勾结起来了。人们传说高力士过去与梅妃亲，梅妃不管什么事都找他商量，可是玉环对此避而不谈，装作对此一无所知的样子。高力士每当来访玉环馆舍，就对对方见托之事，袒露自己的想法。总是就这一件事，绝不触及第二件。这次谈到生身之父玄琰之弟，也就是玉环叔父玄珪时，就只谈玄珪。

"让玄珪当光禄卿银青光禄大夫，如何？"

"好的。"

"光禄卿是专司陛下膳食方面的事的。"

"好的。"

"还是……"

"……"

"或者，再稍……"

说着，高力士想窥测玉环的脸色。这意思是说她想就更高一点的职,还可以重新考虑。就是在这种时候,玉环也没有插话。

"我又有什么不服的呢?你已经为我想了最好的主意,我还有什么比你更好的考虑呢!"

这时,高力士嘴里又"哎呀呀"地现出困惑的表情,好像是说再这么样,他就只好逃跑了似的,装作张皇失措地退出去走掉了。

就这样,高力士给她哥哥杨铦、亲叔伯哥哥杨锜、堂叔伯哥哥杨钊分别带来了不同的官职。果真能给他们官当吗,虽然还不知道,但是她想高力士在自己直到册立为妃之前,会为实现这些做出相应的努力的。

玉环虽然不知道梅妃得到玄宗皇帝的多大程度的宠爱,自己册立为妃之前,只能对此采取视而不见的态度。她想自己一旦册立为妃,就非得一口气把这个辱骂自己是肥猪的女人远远地推开不可。为了这一天的到来,需要忍耐三年。

但是玉环自从被称为娘子,受到妃子一样的待遇的时候起,感到梅妃的势力眼见得下降了。高力士也对玉环有所顾忌的吧,有渐渐避免接近梅妃之势了。这样一些情况,不知什么时候玉环也从侍女的口中听说了。

第三章

天宝元年（公元七四二年）的八月，李林甫当了宰相。关于李林甫，反正过去是有风传的人物，这个人不久将会就任宰相，已为各方面所知道，这个谣传终于成为现实。

李林甫出身于唐的宗室，相当于高祖的堂曾孙。父为扬府参军李思诲，以贵族子弟入千牛卫，以此为出发点，经刑部侍郎、吏部侍郎，于开元二十四年（公元七三六年）当上了中书令。李林甫专一勾结高力士，为了得到权势不择手段，由此人们对他人格的评价是"口蜜腹剑"。

这样一个李林甫得就相位，总让人觉得是改元头一年的一个令人生惧的事件。他周围的许多政治家不得不考虑，倘若对李林甫的心思便怎么都好，若是不对他的心思，则一定会被赶下台的。李林甫的同事、曾任宰相的张九龄的下台也好，在财政上大显身手的裴耀卿的被逐也好，照世人们的议论，都是出于李林甫的阴谋。

玉环曾常常与李林甫见面,对他采取了若即若离的态度。对玉环来说,李林甫完全是个不知如何对待才好的人物。李林甫看上去为了取得玄宗皇帝的欢心,在做不惜一切的努力,而对玉环却毋宁说是冷眼相向的。

有一次在高力士的撮合下,玉环和李林甫一起饮过茶。但是,就是在这种情况下,李林甫也没有主动说过一句话。对玉环的话,他只做必要的回答。给人的印象极为冷静。玉环得知李林甫除了玄宗皇帝以外,谁都不怕。恐怕连高力士也准是不怕的。让人感到他只在需要高力士时与高力士勾结,不需要时,就会立即疏远这个老宦官。玉环并非不知道,如果得不到李林甫的特别垂顾,自己在宫廷的地位还是极不安定的。

玉环曾经委婉地问过高力士,问他怎样看李林甫这个人物。但是高力士对该人的人品避而不谈,始终从政治家的方面夸奖李林甫。也不知他这种看法是否出于本心,却令人觉得这位老宦官对李林甫也是极为顾忌的。

这年十月,玄宗皇帝行幸温泉宫,十一月回都。玉环自然也是伴随左右的。

十二月,陇右(甘肃省陇西县附近)节度使皇甫惟明在青海击破了吐蕃。接着河西节度使王倕也破吐蕃。这两个捷报，在年关迫近时抵达了长安。这捷报使长安万人空巷，民众沸腾。皇甫惟明之名，作为英雄闪闪发光。每年一进入十二月，长安就开始下雪，可是这一年却暖和得出奇，不但没有下雪，连冰都没有结。

在次晨的天宝二年元旦的贺筵上，玉环得知平卢（热河附近）节度使安禄山最近将进京谒见皇帝。安禄山的入朝，似乎是件相当大的事件，这事不但不绝于群臣之口，就连玄宗本身也下令几个人，要以盛大的方式迎接安禄山。

安禄山的名字，玉环过去也曾听说过几回，然而他的入朝竟然引起了这般骚动，安禄山这个边疆的武将的存在，登时使玉环感到非同寻常。虽然如此，玉环却对玄宗关心安禄山这一人物的方法，多少感到有些惊奇。仿佛因为安禄山是营州（朝阳附近）的杂胡出身，他会七种异族语言，有着超乎常人的巨大身躯，他所统率的军队都是由胡族士兵所编成的，还有他是唐朝的第一个胡族出身的边疆司令官，是长官又是英雄，因此玄宗才巴望着安禄山入朝的。

玉环得知这些情况之后，也对安禄山这个武将产生了兴趣。而且玉环还通过众人之口，获得了有关他的各种知识。安禄山看上去有三十七八岁，但无人知道他的准确年龄。他的父亲是胡人,母亲是突厥人,是地地道道的混血的异族人,开始因通晓蕃语,曾当过捎客,但是后来成了范阳(北京附近)节度使张守珪的部下,以此为出发点,因多次战功,累进为平卢兵马使、营州刺史,渐渐露出头角,以至于天宝元年以异族身份而任节度使,受到了破例的提拔。由他一手掌握北部边疆的兵权、民政和财政,不得不说实质上手中的权力遥遥地超出了长安政治庙堂的重臣。

安禄山来到长安,是元宵节过后的两三天。那时人们还没从三天三晚的元宵观灯的节日喧闹的兴奋中清醒过来。从春明门进来了一支长安市民所没见惯的部队。这支部队就像要占领京城那样,接踵而来。一半是马队,一半是步兵,每个部队都由各不相同的士兵们编成。皮肤的颜色,眼睛的颜色,头发的颜色都不相同,而且身材和体态也都不同。既有身材高大的彪形大汉,也有瘦小枯干贼眉鼠眼的看上去像是未开化的人群。打在各支部队前头的旌旗,也是各异其类。那旗子既有像垂着几十根细长绳子般的,也有布制的圆筒在空中飘荡的,还有在木棒的尖端绑着个兽尾样的东西的。就连见过世面的京城的男女们,也感到这风光足以使人眼花缭乱。转眼之间,京城的通衢,都被看这些异样的士兵们的群众给挤满了。

这样一些部队进入长安的当天下午,安禄山进宫伺候,在便殿①上谒见了玄宗。当安禄山往玄宗这边走的时候,玉环心想,他莫非就是身携各种传说的那个边疆武将吗?看起来既不像武将,也不像掌权者,他像个极其笨拙的肉块!他那有普通人几倍的大肚子,正慢慢地向这边移动。这个大肚子的主人,无疑是自己把自己的肚子运来的,然而却像是被两侧的随从一点点儿地给搬过来的似的。排列在现场的百官们,定睛注视着这样一个安禄山,不由得倒吸了一口凉气。

"啊,杂胡小子。到底来了,到底来了!"

只有玄宗一个人眼睛闪着光辉,非常得意地,用满足的表情咕哝道。但是玄宗也只是短短地说了这么一句话,接着就目不转睛地看着安禄山,屏住了呼吸。

安禄山走近前来。不一会儿看清了脸面,这脸也是异样的。下半截脸臃肿,从面颊到下颚的赘肉重重地垂在胸前。令人吃惊的事还有呢。安禄山虽然来到了玄宗的面前,没有向玄宗低头,却稍稍改变了一下身体的方向,转向坐在玄宗右邻的玉环,做出摊开两手的样子,弯下了上半身。这无论在谁的眼睛里,也是礼拜。而且看上去还是一种严肃庄重的礼节。

---

① 与正式场合使用的正殿不同,便殿是为休息设立的。——原注

自己都难以转动的躯体,却能那样弯曲,诚非易事。

"杂胡小子!"玄宗叫道,"不给我行礼,却给妃子行礼,这是怎么回事?"

于是安禄山这回又慢慢地转过身来,朝向了玄宗。然后像刚才对玉环做的那样,给玄宗施礼,完了说道:

"杂胡小子从小就总是只给妈妈行礼,从来没给爸爸行过礼。这是因为妈妈确切无疑是我的妈妈,可是爸爸是谁就可疑了,不知道谁是自己的爸爸。——所以,无意之中总是先对女性行礼。"

话说到这里时,玄宗禁不住笑了。玄宗这一笑,满堂都笑了。玉环也笑了。没有笑的,只有安禄山一个人。

"你多大年纪了?"玄宗问。

"多大年纪嘛,正要找妈妈问呢,可是妈妈死了。"

"你小的时候也这么胖吗?"

安禄山好像自己本身也感到遗憾似的,做出一种凄惨的样子说:

"也还算胖。生下来半岁左右,听说就有六七岁的孩子那么大,因此连妈妈也搞不清我的准确年龄了。"

听了这话,玄宗又笑了。玉环也笑了。排列在两旁的文武官员们也笑了。

玄宗命即刻开宴。在一般情况下,应该有关于任地事情的下问,以及对这些下问的拜谒者的申奏,然而这次把这些统统省掉了。

宴席设在便殿前的大院里,玄宗将座位一搬动,其他所有人跟着就都搬了出去。玄宗的右邻玉环侍候着,左邻给安禄山设了个座位。这是近几年来所没有过的盛大的酒宴。

宴席从过半起,开始了特为安禄山安排的异族舞蹈。既有几十名胡妃们跳的圆舞,又有两三个人跳的舞。余兴一个接着一个。伴奏的乐声不绝于耳。笙、鼓、琵琶、方响、拍板等乐器所奏出的众多的乐声,或者激越,或者低旋,声音袅袅。

胡旋女跳起了胡旋舞。这是北方胡族的舞蹈,富有男性的激烈情绪。

  胡旋女　胡旋女

  心应弦　手应鼓

  弦鼓一声双袖举

  回雪飘飘转蓬舞

  左旋右转不知疲

  ……

白居易是这样吟咏这种舞蹈的。这场舞跳完时,从玄宗开始,满座的人在这一天不知道是第几次了,不能不为安禄山的举止弄得目瞪口呆。安禄山是什么时候站起来的,谁也没有发觉。

安禄山突然出现在舞台的正中央。安禄山跳起舞来。跳的仍然是胡旋舞。连走动一步都让人觉得危险的安禄山那肥胖的身躯,在乐声中舞动起来。动作十分轻捷。舞蹈急剧转快。安禄山的身子旋转起来。转瞬之间成了一根棍棒。这在人们的眼里,如同陀螺在旋转一般。连安禄山的脸面、头部和身体都看不清了。除了陀螺不能用别的形容。动作减弱以后,好容易才看清了安禄山的脸面、手和脚。这回安禄山的身体开始往相反的方向转去,不一会儿,又变成一个陀螺了。陀螺边转边移动。两旁的人们喝起彩来。只有玄宗、李林甫和高力士三个人没喝彩,他们各自都用完全不同的表情凝视着一个不可思议的陀螺的旋转。

安禄山在京城逗留期间,玄宗每天都为他设宴。有一种无论怎样宴飨他,犹有不足的异常感觉。安禄山在第一次谒见玄宗的宴席上就跳胡旋舞,玄宗自不必说,连在座的文武百官都大吃一惊,但是自从这次以后,安禄山就绝不再亲自跳舞了。玄宗曾要求他再跳一个。这时安禄山做出过分可怜的动作和表情说：

"陛下知道杂胡的体重有多少吗？"

玄宗做出想了想的样子，回答道：

"二百五十斤。"

"什么，什么？"安禄山说，"光肚子的重量就有三百五十斤。让三百五十斤的重量那么旋转，可不是闹着玩儿的啊。那天所以跳那种舞，是因为初次谒见陛下，高兴得到了忘我的境地，自己也不知不觉之中站了起来，才到了那种地步。杂胡让皇帝看到的那不是胡旋舞的舞姿，而是我满腔怎么也无法掩藏的喜悦，是杂胡的倾心思慕。若不是洋溢着那么极大的喜悦，怎么会跳得起来呢！现在回想起来，仍觉得不寒而栗。总算没有憋死。由于那次跳舞，心跳至今还没有平静下来，看，请您看……"

安禄山两手抱着胸，像给玄宗皇帝看似的，稍稍把胸袒露出来。几乎不像人的身体，那极大的肉壁颤悠悠地直摇摆。玄宗看了感动得直出神，问道：

"你是什么时候学的胡旋舞？"

"七岁的时候。七岁就已经有了近百斤了，跳完了累得心脏差点儿破裂，被放在门板上三天三晚不断地往身上浇水，才苏醒过来。有了这次经验，从此以后再也没敢跳了。"

虽然不知这话有几分是真的，安禄山是这么说的。玄宗对安禄山说的一切都很入耳，只要安禄山想说点什么，嘴边筋肉一动，玄宗就眯缝起眼来，以充满期待的表情，等待着从他的嘴里不知会冒出多么有趣的话来。

玉环从一旁看着他们二人的应对。像怪物一样的这个边疆的异民族将军，嘴里一句废话都没说。无论怎么短的话，只要从他的嘴里一出来，每次都必然抓住玄宗的心。玄宗把自己的全部灵魂都出卖给他了。

玉环对安禄山也并不讨厌。总觉得这个人哪里都毫无破绽，心想对这样的人可全不能大意呀。可是在几次见面当中，渐渐地这种警戒心却淡薄下去。

安禄山说是只知道自己的生身之母，却说不知自己的父亲是谁，宣布自己的出身微不足道。可是安禄山部下也是一个杂胡出身的老武将，有一次来到玄宗面前说：

"将军公开了自己出生时候的事。将军的母亲悲痛自己的无子，向突厥尊崇为战神的阿茨尔克山祈祷，才生下来安禄山将军。生他的那天晚上的场景，直到如今还在当地流传，月光就像血在翻滚一样变得通红，野地和山都红了。接着所有的野兽都一齐鸣叫，那是个难以述说的凄惨的夜晚。正在听着野兽们咆哮的时候，有一颗星星落在了帐篷上面，于是生了将军。为了一生都为东方圣明的帝王服务,上天降给了地上一颗星星。"

这个异民族老将的话,也抓住了玄宗的心。

"这丑八怪杂胡小子,看不出还是一颗星星碴儿呢!"

玄宗笑了。星星碴儿的话,使玄宗感到了满足。

在京城待了半个来月之后,安禄山还像进京时那样,率领着异民族的大部队,再次回到了边疆。在安禄山走后的一段时间里,宫中的宴席就像熄了火一样使人感到冷清。不但玄宗感到冷清,玉环也同样感到冷清和缺少了点什么。这正是安禄山这一人物所具有的不可思议之处。驮着安禄山那巨大身躯的马,要在每个驿站更换。那马不是普通的马,是地方上经过挑选准备下的大马,在一段时间里流传着这样的传言。也有人说安禄山所使用的马鞍子是双层的,一层是骑用的鞍子,另一层是专门支撑腹部的。

在有关安禄山的传闻好容易蔫火的四月初,陇右节度使皇甫惟明在洪济城大破吐蕃的捷报传入京城。皇甫惟明在去年年底破吐蕃于青海,曾作为英雄名噪一时,此刻又是他送来了捷报。

这一年由春到夏,平安无事地过去了。到了秋天,传闻安禄山又要入朝。玉环在玄宗面前,对有关文臣武将的事持一言不发的态度。虽说并非因为玄宗嫉妒心重,可是玉环知道这样一些事,作为置身宫中的女性来说,是应该极力避免的。当听到安禄山又要入朝的消息时,玉环虽然有了一种想证实一下的冲动,但她在玄宗面前却没有谈到这件事。她想这恐怕是玄宗为了解闷,下令叫安禄山入朝的吧。

玄宗十月行幸骊山温泉宫,十一月归京。只有玉环相随,梅妃已不能同行了。

十二月,海贼吴全光入寇,传说沿海诸州为了警备点起了狼烟。玉环因没见过海是个什么样子,什么海贼啦、海贼船啦,连想象都困难。她对沿海诸州的狼烟也是如此。她想象着这么一幅画:在海边的悬崖上,搭那么一个像元宵观灯的焰棚似的玩意儿,兵马层层地围着那儿。那大概一点儿也不像干戈骚扰,热闹而又平静。

这一年没下雪就度过岁末,迎接了新春。发表官报,从今年正月起,把年改称为载。似乎已经没有什么可改的了,就把年的称呼改一下吧。还在同年正月,除死罪者外,都免了罪。这给人的感觉就是没事可干了,硬找了这么一件事来干。这倒未必就是坏事,但也说不上是好事。

二月初行幸温泉宫。有颗星星落在了离宫的后山里。刚好在落下星星时,玉环和玄宗一起正在离宫的回廊上闲步。

那天夜里,从京城来了使者,启奏说最近安禄山进京。玄宗立即离开离宫回京去了。玄宗联想起了从前听到的安禄山出生时一颗星星落在了帐篷上的话,觉得在离宫看见的陨星绝不单是偶然现象。

安禄山进京这天,玄宗心里很不平静。

"杂胡小子又来了吗?"

他一连在嘴里说了几次。安禄山率领部队,向京城缓缓而行,在离京城三十来里扎下营寨。一般来说在午刻之前就应进京来的,可是他却走上七八里就歇一歇,拖延着进城的时间。

安禄山为谒见玄宗而进宫参拜,已是接近日暮的时刻了。玄宗等得不耐烦了,很不高兴,然而当他一瞧见安禄山那巨大的躯体,便笑容满面地连连叫着"杂胡小子""杂胡小子",做了准备殷勤接待的样子。

在当天给安禄山下达了除原来的平卢节度使之外,还兼任范阳节度使的命令。紧接着这道命令,还告诉他兼任河北采访使。这一天,一下子就给安禄山平添了十万人的部队。

安禄山谢玄宗的恩赏时说:

"臣本蕃戎贱臣,蒙过分恩宠,实在感到不知如何是好。愿减轻臣之重任才好。"

"从你的体重来看,这点任务还是太轻了。别尽说些懦弱话。你偌大的身躯,装的是什么?"玄宗说。

"一颗红心,别无他物。"安禄山答道。

这话若叫别人说,准会叫人讨厌,可是让安禄山这一说,就好像他真的只有一颗红心似的。特别是玄宗听安禄山这么说,安禄山除了一颗红心之外就什么也没有了。玄宗甚至觉得自己给安禄山的东西还嫌太少。还想再给他点什么,可是一时之间想不起适当的东西。这时,安禄山提出:

"杂胡在到达京城之前的漫长的路上曾经想过,这回拜谒皇帝时想提出这个要求。我可以说出来吗?"他现出诚惶诚恐的样子。

"不管是什么,你只管说吧。"玄宗道。

"不是别的。杂胡幼年丧父,也失去了母亲。父亲且不管他,想有个母亲。杂胡想找个高贵的女人当母亲。"

"你说的这个女人是谁?"

"就是坐在皇帝旁边的人。"安禄山厚着脸皮说。

在座的人无不惊奇。玄宗吃惊,玉环也吃了一惊。接着安禄山又说:

"我能不能当妃君的干儿子呢?"

玄宗打破了一座的紧张,先笑了,他觉得非常可笑。这时,屏着息的文武百官们也都一齐笑了。只要一个人先笑出声来,好像是都得一下子笑起来。

"玉环你看着如何?对杂胡小子的要求接受与否,听任玉环自便。"玄宗说。

"我愿愉快地接受他这要求。"玉环回答说。

比自己大十几岁,认这个超群的庞然大物作自己的干儿子,作为玩笑倒是挺有趣。可这不是玩笑,而是当真,一点儿也看不出他安着什么坏心眼儿。

"承蒙批准,不胜感谢。对妃君,胡儿自今日起将尽母子之礼。"

安禄山说得很认真。对安禄山这个奇妙的要求,玉环就像想象中的事一般,在接受时对谁也没表现出不快的心情。只要是出自安禄山之口,那就让人感到很朴实,他有一种风俗民情与汉人不同的异民族出身的将军所特有的纯真感。

玄宗对此也感到正合心意,从这天晚上开始,连日为成了玉环干儿子的将军,举行犒劳酒宴。而且在安禄山返回任地的前一天,摆下了中书、门下二省三品以下官吏尽行出席的,在鸿胪亭举行的盛大送别宴会。

在宴席上,安禄山说:

"去年七月,领内发生了紫方虫灾,眼看把禾苗都吃光了。

臣焚香祈祷上苍说,臣如不行正道,事君如不尽忠,虫吃尽禾苗也无办法。但臣如不欺正道,事君尽诚,就请消灭这虫。这时话音还没落,就出现大群乌鸦,从一头开始吃起了虫子。一看,呀,这真是惊人。这些乌鸦身子青色,头是红色的。"

话一到安禄山之口,有的人认为带有真实性,有的人认为这不过是信口雌黄,然而说也奇怪,就连不信的人也并无责怪安禄山之意。一方面知道这是编造的骗人假话,听着却觉得很好,怪有趣。不管是什么编造出来的话,只要把它的主人安禄山置于其中,可笑的是,就不能认真动气责备他了。

安禄山深知此点,知道不论自己怎么说大家都会接受,因此他把表情和动作都加进去,绘声绘色大摇大摆地说下去。即使是有人不相信自己的话,玄宗皇帝一个人也会相信的。他对此深信不疑。实际上也是如此,只要是安禄山的话,玄宗无论什么都信以为真。至少是想当成真的。越是混账话,他越是听得喜笑颜开。

"你是说红头青身子的乌鸦吗?杂胡小子,想必你吓了一跳吧?"玄宗说。

在紫方虫的故事中,吸引了玄宗兴趣的地方就在这里。不管是什么故事,只要是一有人世上不大可能有的奇怪的事,这个老掌权者的心就会天真地被吸引过去。他是想相信的,而且不得不信。因为玄宗永远希望发生奇迹,他希望着在大地上潜藏着很多奇怪的事才好。活灵活现地说出红头青身子乌鸦的安禄山,正合他的心意。

玉环却不认为安禄山说的是真话。她本是属于不必指责他的一边的人。哪怕玉环是这样的,她对安禄山在故事中所编造的玩意儿,也全都接受下来了。即使她不相信他所说的红头青身子乌鸦,却在不知不觉中深信安禄山是忠诚于玄宗的人。

在送别安禄山的宴席上,宰相李林甫和高力士都在场,只有这两个人是怎样看安禄山这个人,第三者是无从得知的。只这两个人没有去听红头乌鸦的故事。安禄山开讲以后,这两个人没去听它,开始了小声的谈话。

"像我这么瘦固然发愁,像他那么肥,不也是个麻烦事吗?"高力士满是褶皱的嘴边的筋肉直动,说道。

"你看过瘦鸡和肥鸡相斗吗?胜的总是瘦鸡。"李林甫说。

"但是,像他那样肥呢?"高力士把脸凑近说。

"是的。"李林甫点头道,"可不要再肥了。——平卢节度使有多少兵?"

"三万多。"

"三万?!"

"详细点儿说,就是三万七千五百人。"

"范阳节度使呢?"

"九万一千四百人。"

"嚄!"

李林甫听了全无喜怒哀乐之色。他总是眼望别的方向,面部毫无表情。但是,每年都有几回例外,每逢那时,脸上就闪耀着刀刃一般锐利的光辉。那就是把不合自己心意的人,让他左迁或者加之罪名的时候。

"现在的任地是营州吧?"

"是的。但是现在已经兼任范阳节度使了,我想恐怕要坐镇幽州(北京)的吧。范阳一带有肥沃的耕地,向南可以扩展到黄河。而且其平原的西侧是险阻的山岳地带。"

"这么说,不更要肥胖下去吗?"

"的确。"

"无限制地肥胖下去,就会动不得身了。"

"但是,你这个想法可危险啦。你没见他跳胡旋舞的时候,那肥胖的身子不是动转得吓人吗?旁人谁也转不了那么快。"

"嗯。"

李林甫呻吟一般地说了这么一个字,说到这里就停住了。

往后改变了话题。

"皇甫惟明……"李林甫把脸朝向高力士说,"也该回来了。"

"把他召回来吗?"

"宁可把他弄到边远的地方去。"

"嗯。——陛下对他呢?"

"非常信任。近几年,还没有谁把吐蕃打得那么痛快呢。不光陛下,在一般人中也颇得人心。必须在他还没大肥的时候就要收拾他。"

"是的。"

李林甫和高力士的谈话到此就停住了。说过之后,两个人把视线都各自投向不同的方向,装作彼此一点关系都没有似的,各自都陷入自己的沉思里去了。不一会儿,高力士离开了李林甫的座席。所设的文武百官的席位都是固定的,谁都不能随便动,其中只有高力士可以自由活动。高力士以一种没有重量感的独特的动作,偶尔地变换着席位。

安禄山在宴席将终时,走到玄宗面前,感谢他的恩宠,告别说明天就离开京城赶赴任地去。

"下次几时再来?"玄宗说。

"下次嘛,要等到我这次得以如愿地建立了母子关系的那个干娘册立为妃,举行庆祝的时候。"安禄山说。

"那要到什么时候呢?"

"杂胡怎么会知道呢?这事是只装在皇帝的心里的。我只是祈求神明希望着早一点儿。"安禄山说。

听了这话,玉环的心情也颇为不坏。

从安禄山左右两侧过来两名侍者,就像从两边架着这个巨大的肉块似的,走过摆列着群臣的前边,退出了宴席。

玉环也觉得自己正式册立为妃的日子不远了,然而知道得并不准确。玄宗既没有谈及这个问题,高力士对此也是一言未发。是安禄山第一个开口。可想而知,册立妃子的事,不是臣下应该说的。安禄山之所以能说,哪怕只不过是一句戏言,那也是因为安禄山巴望着当玉环的干儿子,玄宗使他遂了心愿。也许是安禄山希望当玉环的干儿子,就是为了提这件事,为了让玄宗答应这件事的。正如听了安禄山的话,玉环的心情不坏,玄宗听了也准是心情不坏的。

安禄山返任后过了几天,高力士来访玉环的馆舍。

"哎呀呀,真不得了啦。万岁爷有几个身子也是不够用的。"高力士仍然是操着他那独特的腔调说,"明年,也就是天宝四载七月,妃君将正式成为妃子了。您的满门都会陆陆续续进京来的。哎呀,这就热闹了。光是修府第就不得了。"

对此玉环默不作声。口纵不言,可是她心里想,把梅妃从老掌权者身边赶走的日子终于快到了。如同则天武后对她的竞争对手所干的那样,自己也将会把梅妃淹死在玄宗的酒桶中的吧。一想到这里,玉环感到从没有过的痛快。

高力士屏住气息,一个劲儿地望着默默无言的玉环出神。他从没看见过玉环有此刻看到的这么美。权力这种东西,第一次要到玉环的心里来了。

传说陇右节度使皇甫惟明在二月底就要入朝。

玉环从近侍的口中,得知街头巷尾始终议论着皇甫惟明还朝这一件事,听说在他还朝这一天,群众将为了瞻仰他的丰采大大地闹腾一番。虽说是皇甫惟明还朝,并不是进京任职,只是商谈政务的一次短期回朝。

玉环对皇甫惟明这个武将几乎一无所知。皇甫惟明是前年的天宝元年年底破吐蕃于青海,去年的天宝二年四月,再破吐蕃于洪济城。这两次捷报,使长安君臣高兴,每次街头巷尾都洋溢着打了胜仗的气氛,皇甫惟明之名作为守卫边疆的英雄,越来越高了。玉环也是只知道这些,尽管如此,却不明白为什么皇甫惟明这样深得人心。皇甫惟明以外,还有河西节度使王倕也破过吐蕃,王忠嗣也破过奚和契丹。在边疆上立了战功的绝不是皇甫惟明一个人。

玉环就此曾询问了几个身边的近侍,然而人们说法不一。

有人说,在节度使中,如今立功最大,最得到皇帝信任的是安禄山,然而安禄山是胡族出身。在这一点上,皇甫惟明是堂堂的汉族,他与安禄山以竞争的形式在边疆破夷狄,这样一来,不管是谁也都会愿意袒护与自己一样血统的皇甫惟明的吧。

还有的人说,皇甫惟明是宰相李林甫的反对派,因此本来应该在京城就高位,却被赶到了边疆。这种同情,都集中在守卫边疆的武将身上。

也有的人是这样看法:过去没有哪个武将像皇甫惟明那样破吐蕃破得那么痛快。皇甫惟明前任的陇右节度使是萧炅。萧炅在任时,甘肃省一带被吐蕃蹂躏得一塌糊涂。玉环被召进温泉宫头一年的开元二十七年,萧炅只破过吐蕃那么一次。再说在萧炅之前,没有设陇右节度使这一职务,那时由河西节度副使崔希逸担任对吐蕃作战,曾几次击破吐蕃,可是那与其说是击破,不如说是将入寇的吐蕃击退而已。还有现任宰相李林甫曾短时间地兼任过陇右节度副使,可是在那时,他也无所作为。积极地由这边出击,给予吐蕃以极大打击的,只有皇甫惟明一个人。由此,皇甫惟明的声名与其说在宫廷,毋宁说在民间正日益高涨。

玉环曾经听见侍女们对于皇甫惟明进京日子的随便议论。不止一两次。听那说法,好像她们在盼望着那一天似的。也不知为什么,玉环也像民众那样盼望起来了。皇甫惟明三月下旬将到达长安的消息,已经不单是一种风传,而是当成了确切的事实传入宫中时,用稍微夸张一点的说法就是,宫中的女人们陷入了一种兴奋状态。以至于谈到了皇甫惟明将从哪条回廊走向哪条回廊,在哪间屋子里休息,在哪间屋子里赐餐。尽管谁都不知道皇甫惟明这员武将是个什么年纪,是个有着什么风貌的人物。这样的事,对于和普通社会完全隔绝的、封闭在宫中的四方箱子中的宫女们来说,也是必然的。既然在大街小巷吵闹着说是一位英雄,她们就觉得这个人物必定有着充分的魅力。安禄山入朝时,她们也曾经不平静,然而那是因为安禄山是胡族英雄,好奇心给占去了好几分。这次的皇甫惟明,却与之不同。

皇甫惟明的到来的形式,使迎接他的长安民众期待落空,他在三月初只带着几个随从进京了。没有引起安禄山入朝时那么大的骚动。民众们认不出谁是皇甫惟明。都不知道他是什么时候进京来的。长安城热热闹闹满街都是行乐的人。皇城东南角的曲江水边也好,它北边的小丘乐游原也好,人们都成群结队。梅花散尽,杏李刚衰,接着稍隔几天便是牡丹。渐渐暖和的春日阳光,柔和地照射到了九街十二衢的条坊。

皇甫惟明还朝的那天,径直来到王宫参谒玄宗。皇甫惟明是个有风度的中年武将。若是不知道他就是皇甫惟明的人,一定会看不出他是个武将。他举止动作文静,说出话来也平稳。如果说像个武人,只有肤色浅黑,迈开大步移动高大身材的走法,使人感到机敏而已。

在晋见席上,以李林甫为首的主要宰臣在座,却不像安禄山参谒时那么热闹。安禄山来时,他那粗大的声音,在场的人个个都听得到,然而皇甫惟明奏本声,只送进了极少数人的耳朵里。玉环从在皇甫惟明第一次谒见的地方露面起,就一直紧紧地用眼睛看着这个从边疆前来的武将,对他那微小的动作和表情,都尽收眼帘。

皇甫惟明奏完了边疆的事情之后,就从玄宗面前后退,回到了自己的席位上去。李林甫这时开口道:

"以武力征服吐蕃容易。有没有以皇帝之恩德,抚慰吐蕃的办法?"

对此皇甫惟明立即回答道:

"没有!"

这否定的语调极其激烈,只有这一句话,送进了在座所有人的耳朵里。接着李林甫又问道：

"开始设置幽州节度使和河西节度使时，不是为了攻击胡族的，毋宁说是守卫态势的一块基石。陇右节度使是后设的，这也无例外的是出于节度使的本来使命。无论发生了什么事，都不要忘记这一点。"

李林甫那平板的腔调和说话时那冷漠的表情，玉环觉得可恨。李林甫这些话，明显是对皇甫惟明的非难。

皇甫惟明道：

"夷狄有鸟兽之心，叛服无常。你取守势，他就入寇；你要抚慰，他就挫伤你的民众。我以为对他们只有刀矢，没有别的。加之，吐蕃绝非您所想象的那样一个种族。其势正日益强大。如今不用武力压制，他日必生后悔，这是明若观火的事。"

"送公主和蕃之事如何？"

"用姑息手段怀柔胡族，那是古代的事。不仅吐蕃，契丹和奚不是都斩杀公主叛变了吗？"

李林甫与皇甫惟明的问答到此打住，等玄宗走出房间之后，大家开始了酒宴。

在酒宴上，玉环才第一次与皇甫惟明作了简短的交谈。

"臣长期身居僻地，这还是头一次看到妃君。回到长安也没有特别有趣的东西，只是得以看见传说中的妃君和进昌坊慈恩寺的牡丹花,这倒是我最大的快乐。"皇甫惟明致辞说。

这无疑地是对掌权者所宠爱的女性的一种礼仪,然而玉环听了却很高兴。对武人和官员们说的话,她轻易是不动心的,但是玉环这次却觉得皇甫惟明是真的出于本心。

这时玉环仍然目不转睛地看着对方。好像在等待着对方,接着该讲些什么似的看着他。可是皇甫惟明再也没说什么了。玉环在这样的场面,几乎是没有与对方搭过腔的,自己也习惯了这样做,但是这时却从玉环的嘴中突然进出这么一句话:

"你喜欢慈恩寺的牡丹吗?我却认为延康坊西明寺的牡丹最美。"

"既然妃君认为最美,那准是西明寺的牡丹最美了。慈恩寺也好,靖安坊的崇敬寺也好,永乐坊的永寿寺也好,长寿坊的永泰寺也好,都是以牡丹闻名的,可是一定和西明寺的牡丹相差甚远。臣虽然不能久留京城,但是真想无论如何也要逗留到妃君所说的最美的西明寺的牡丹开花之日。"皇甫惟明道。

除皇甫惟明进京那天以外,玉环同他再没有见到。皇甫惟明返回任上的传闻进入玉环的耳中时是三月下旬。这一天,玉环正好在赏花时节到进昌坊的慈恩寺去看牡丹去了。牡丹一般情况下是在三月十五日左右盛开的,可这一年却推迟了十天。

  花开花落二十日
  一城之人皆若狂

  正如诗中所说的那样,牡丹时节长安街上人们如醉似痴。真是"万马千车看牡丹",热闹非常。玉环看过皇甫惟明夸赞最好的慈恩寺的牡丹后,去看自己告诉皇甫惟明最好的西明寺的牡丹去了。二者都是长安屈指可数的牡丹名园,哪一个寺院都是难以动转身子的人山人海。

  玉环过去并没有那么热衷于人们那么倾倒的牡丹。宫中的牡丹也为数不少,不亚于市中名花的脍炙人口的良种也很多。玉环曾与玄宗一道观赏,但却没有一个人单独去看过。她有些不相信一株竟可卖上千金。

  但是玉环觉得自己从今以后也准会爱牡丹的了,但却并未感到牡丹竟有诗人所赞颂的美丽:

  黄金蕊绽红玉房

千片赤英霞烂烂

百枝绛焰灯煌煌

牡丹确实是雍容华贵娇艳美丽,无疑是百花之王,但在它那将散的婀娜之中,玉环感到它潜藏着一种其他花所没有的黑暗的命运似的。华丽当中有这种气质,玉环的心被打动了。她想:为什么过去自己没有发现牡丹花有这样的特性呢!

玉环想:恐怕再过几年也见不到皇甫惟明了吧。一想到这次返京已经是几年没回来了,下次再来京城长安,准是还要在几年之后。玉环坐在赏牡丹的轿子中想:皇甫惟明下次站在自己面前时,恐怕头发要花白了吧。

三月,玄宗皇帝下诏赐给相当于自己的外孙女的独孤氏之女静乐公主的称号,把她嫁给契丹的松漠都督李怀节;还在同时赐外孙女杨氏之女宜芳公主称号,把她嫁给饶乐都督李延宠。

契丹和奚,都是栖息在兴安岭附近的夷狄,过去叛服无常,屡次共同与唐滋事。天宝元年十二月,他们联合入寇边疆,被王忠嗣击退,在此后一段时间内采取了平稳态度,可是何时又将举起反旗,那就不得而知了。

玄宗是想以两个公主下嫁，使之就范。汉代以后，中国曾把很多公主嫁给了蕃族。王昭君嫁给匈奴的掌权者生了两个孩子，是十分有名的故事。王昭君在抚定胡族上是成功的例子。但是这个故事之所以有名，并不是因为抚慰胡族的成功，而是由于王昭君的悲惨性的命运。抚慰边境异民族时成功也好，失败时更不必说，无论是哪一种情况，也只能说她们的命运是个极大的悲剧。她们生于大唐帝国，而且作为上流社会的女子长于深闺，却成为政略婚姻的牺牲品，去远嫁未开化的游牧民族。

嫁给契丹酋长的静乐公主和嫁给奚的酋长的宜芳公主，都是年纪未满二十的芳龄少女。为了这两位公主，宫中举行了送别宴会，然而从始至终，两个公主本人一言未发。

玄宗问静乐公主喜欢玩什么。公主回答说她已开始学骑马，等学好骑马之后再学打球。玄宗又问宜芳公主现在最希望什么。宜芳公主说，她喜欢看芍药开花。骑着马打球也好，观赏盛开的芍药花也好，都是漠北之地所得不到的。两个公主都美貌，特别是静乐公主的丽质，吸引了满座的人。

玄宗对就要把两个少女送给异族有些舍不得的样子，席散之后，召见李林甫商量是否对赠公主之事从长计议。李林甫说道：

"尽管契丹、奚是未开化的民族,作为大唐帝国,一旦允婚又去违约,总不大好吧。"

"另派女子去,她们俩就算了吧。"玄宗重复说。

"奚且不说,契丹酋长听说要赐给他公主,很高兴。"

"既然如此,就把宜芳公主给契丹。把静乐公主留在宫中。"

玄宗很少这样执拗。所谓留在宫中,那只能是放在后宫的意思。李林甫似懂非懂地含含糊糊地应了一声就退出去了。

打那又过了两三天,玉环接受了高力士的来访。高力士说道:

"有件事烦您转奏陛下。就是静乐公主的事。陛下舍不得把她赠给夷族,想取消这个计划。作为大唐帝国的皇帝,出口之后又反悔,是很不体面的。李宰相曾提出这个问题,可是陛下不听。这件事有劳妃君给皇帝进一言。"

"向陛下奏请这样的事,作为我来说必须慎重。"玉环说。

玉环还一次也没有做过这样的关说。在任何情况下,只要是玄宗干的,她都采取了全面赞成的态度。于是高力士说:

"别的事高力士绝不请您关说的。只是这次关于静乐公主,无论如何也请妃君您美言。静乐公主是独孤氏的女儿,相当于陛下的亲外孙女儿,她们一家好文,与梅妃交往甚密。此其一——若真的进了后宫,就成了梅妃的膀臂了……"

玉环打断了他的话说:

"后宫?!"

难道玄宗有意把那个少女放在后宫吗?不管玄宗多么好色,真的对那样一个少女怀有那样的欲望?

"您想不到吧?"这回是高力士打断了玉环的话,"皇帝是这么说的。这样一来,那为什么对静乐公主采取那样的措施呢?若是让她进后宫,妃君从今以后就会天天忙得不可开交。她要练习骑马,还要打球。"

"为什么?"玉环问道。

"皇帝把公主放在后宫,准是会让公主干这些事。皇帝的心一定会让这个喜欢骑马打球的公主夺去。对陛下的内心,我老头子了如指掌。我第一眼看见静乐公主,就……"

玉环没有听到高力士后面的话。玉环觉得自己也还美,觉得那个命运可怜的静乐公主的幼小的容姿浮现在眼前。对一个纯洁无瑕的少女,玄宗真的在宴席上怀着这样的心注视着她的吗?

"对妃君来说,今年是最重要的一年。今年是出太真宫,正式成为妃子的一年。"

高力士的这些话,支零破碎地到达了玉环的耳朵里。

——对有可能成为梅妃羽翼的,一个也不留。

——而且陛下对静乐公主的迷恋,在老头子看来,很不平常。

——如果妃君与那个年轻的公主相争,也去骑马,哎呀呀,我这老头子还不如让人绞死的好。

玉环沉默了好久,过了一阵,才低声说:

"皇帝这边,由我来说吧。"

"李宰相和你以什么样的理由,那么仇恨那个公主的家世,我虽然不得而知,可是由你们去好了,我也没有心思和那个年幼的公主去争皇帝。如果说有这种担心,那就防患于未然好了。"

这时高力士夸张地做出吃惊的表情道:

"我老头子和李宰相?"

接着就装得很可笑似的捧腹大笑了一阵子之后,突然停住了笑声,一本正经地说道:

"好啦。这事随您怎么说去吧。只要妃君决心对公主入后宫有所防备,仅此高力士就满足了。"

过了几天之后,玄宗对玉环说,自己最近要行幸骊山的温泉宫,这次一来时间短,二来温泉宫正在改建吵闹得很,玉环就留在京城不要去了。

这天晚上玉环在寝室说：

"不让我陪您去温泉宫,大概是皇帝想召见其他宫姬吧?"

"召其他宫姬?!去温泉宫除玉环以外还会召谁?"玄宗道。

"不,您是想召见别人。玉环知道得很清楚。"

"那么你说,是召谁?"

"是您命名的年轻的宫姬静乐公主。"

"说混账话!"

玄宗言下之意是否定此事,可是玉环突然感到拥抱着自己的玄宗的手,虽然动作极其微小,却从自己的身上离开了。玉环从床上欠起身来说：

"让我替她到契丹酋长那儿去吧。您召见公主的事希望在我走了之后。"

"你既然这么怀疑,那就一道行幸温泉宫吧。这可好吧?"

"不,尽管如此,玉环的心仍然不安。"

"怎么样才好呢?"

"请您把静乐公主打发到契丹去。不然就让我去。这也没有什么为难的。只要陛下决定一下就行了。您中途变卦,下边议论纷纷。我听的尽是些皇帝把那个年幼的宫姬放进宫去,让她与您一道跑马。"

"听谁说的?"

"宫女们每天都谈论这些。京城的街头巷尾,都谈论着尽早地能看见皇帝和公主骑马驱驰的奇妙姿态。他们传说着为了使您从马上摔下来也不致伤着身体,准是从京城到温泉宫一路都敷设着地毯的吧。与其看到陛下从马上摔下来,还不如让玉环到契丹去。"

"把公主送去,公主岂不要被杀死!"

"玉环就是被杀,也全然不惧。真的有这一天,倒也心里痛快。"

"你不觉得可怜吗?"

"一点儿也不。"玉环说。

玄宗照开始公布的那样,把静乐公主嫁到契丹,把宜芳公主嫁到奚去了。两个年幼的公主,只以两天之隔,各以庞大的钱物和两百名随从,离长安而去。百官相送到了浐河,家属和亲戚送到了灞河。浐河和灞河,两岸的杨柳都绽开了新芽。两支队伍都沿着通往潼关的大道,笔直往东而去。

玉环对两个公主远嫁异族,感到无动于衷。她觉得使自己郁闷的东西,终于离开京城走掉了。玉环偎依在玄宗的怀里,改变他人的命运,这还是头一次。

第四章

天宝四载(公元七四五年)七月,杨玉环被册立为妃。比这先一步,下诏将左卫中郎将韦昭训之女立为寿王妃。

玉环对曾是自己丈夫的寿王,取代自己给了他一个年轻女人,没有任何感怀。对玉环来说,寿王已成为遥远的存在了。照说寿王迎娶新妃应该感到一块石头落了地,玉环连这样的感觉也没有。如果说有这种感觉的话,也许在玄宗方面。正因为对世上的舆论有顾虑,才把册立玉环为妃的事拖了五年之久。对玄宗来说,也只能说是相当慎重而又有耐心的。玉环以过于信奉道教离开了寿王家,在太真宫过了五年的道士生活。可是这位女道士玉环,却意外地当上了贵妃进了后宫。因此,对这样一个寿王,玄宗亲自选了个新妃子给他。——这虽然是似有道理而又没有道理的奇怪的事,可是这一来,就把玄宗自己夺取有骨肉之情的皇子的妃子的极大丑事,暂且从表面上遮掩过去了。

发表杨玉环册立为贵妃的公报,是在大明宫的内殿进行的。玄宗在文武百官全员参加之下,举行了盛大的仪式。他想一连几天大摆庆祝宴席,因遭到李林甫和高力士的反对,不得不打消这个念头。玉环集玄宗之宠于一身,这是人尽皆知的,在这种情况下,高力士认为就再没有重新搞得那么豪华的必要了。对于玄宗觉得已经等待了五年,必须办得大一点的想法,高力士则认为既然好不容易慎重地度过了五年时间,那就应该慎重到底。

在玉环册立为妃的一个月之前,高力士来到了玉环的馆舍,他对玉环说:

"避免给人提供口实是至为重要的。与此同时,从当上贵妃之日起,您的生活要改变过去的那种样子,要豪华阔气,这也是很要紧的。堂堂大唐帝国的妃君嘛,不这样不足以显示您的威严。"

玉环打算一切都听他的指挥,按这个老宦官说的办。实际上一切事情,也都是由高力士一手经办的。从太真宫搬进宫城内的馆舍,搬来了与过去大不相同的家具之类。什么床铺啦,几个大桌子啦,屏风啦,大花瓶啦,这些东西就不用说了,就连放在室内的水壶、手镜、花架、小扶手椅子等细小的东西,都与过去的迥然不同,极尽奢侈之能事。玉环不知道这些东西,都是藏在哪里的。这些东西像老早就准备在那里等待着这一天似的,一件接一件地无限制地搬了进来。

在大明宫凤凰园悄悄但却严肃地举行了玉环册立为贵妃的仪式。仪式之后,贵妃坐在镶嵌着宝石的大椅子上,接受了列席的许多重臣们的祝贺。宰臣们一个个地来到贵妃面前,都分别致了贺词。

当天晚上,贵妃作为妃子,第一次同玄宗皇帝同榻。玄宗送给了她螺钿的小盒和黄金簪子。玄宗还从宝库里取出黄金做的步摇,亲手插在贵妃的发髻之上。

三天之后,贵妃接受了百官的朝贺。得享皇后同格,拜谒那天,演奏了《霓裳羽衣曲》。又过了两天,贵妃接见了自己的同族。母亲李氏和伯父玄珪前来参拜。谥亡父玄琰为济阴太守,封母李氏为陇西郡夫人。还任伯父玄珪为光禄卿银青光禄大夫。这两个走运的人谒见贵妃时,满足得嘴里说不出话来,只是一再深深地低着头退了下去。两个人都没能对贵妃正眼相看。觉得好像不留神想溜一眼看看的话,就会立刻双眼瞎掉似的。从今天这个幸运中漏掉的,是忽而成为贵妃的生身之父,忽而又成为养父的杨玄璬。是因为考虑到还是从正式文献上抹掉更为平安无事吧,这个人物再也没有在历史上露名。

在同一天,贵妃还会见了兄、姊和亲戚。贵妃看见两个恭恭敬敬地低着头走近自己面前的年轻人。是哥哥铦和堂兄锜。他们是从农村来的,对这样的场面有些不习惯也是当然的。他们战战兢兢一句话也说不出来,只顾平身低头去了。贵妃给了这两个年轻人见面礼,哥哥铦当上了殿中少监,堂兄锜当上了驸马都尉,因锜还是独身,把后宫某人所生的大华公主许配了他为妻。这些事都是由侍卫贵妃身旁的高力士策划的。贵妃只要把高力士低声说出的话,照样说一遍就行了。

两个年轻人退出之后,紧接着三个姐姐出现在面前。她们都是玄琰之女,这回突然成了贵妃的姐姐。贵妃对这三位姐姐,已经不期待着什么了,可是她们与哥哥和堂兄不同。就像预先说好了似的,个个都是年轻美貌的女子。不仅美貌,而且一点也不腼腆。这三位姐姐,就像老早就商量好了似的,一样地低下了头,抬起头来之后,又一块儿把视线从正面投向了贵妃。特别是二姐的眼睛的看人方法,有一种挑战的味道。大姐的眼睛有笑容,三姐的眼神中洋溢着好奇心。贵妃告诉她们说,不久便会给三个姐姐赐第①京师,并让她们三个人都

---

① 赐第:赐予宅邸。——原注

进宫当女官。

玉环当上贵妃不久的九月初,突然传来了奚和契丹叛乱的消息。接着在第一报到京的两三天后,报告宜芳公主、静乐公主二人被杀的使者进了京。两个公主嫁到胡族去时是四月初,仅仅半年,就发生了这样的事件。李林甫策划遣送公主时,皇甫惟明曾激烈反对,他说用不上半年公主就会遭到杀害,果然发生了这样的事。皇甫惟明的看法是正确的。

当贵妃听到这两个公主惨遭厄运时,就连她都感到一阵心痛。在两个公主当中,至少静乐公主的命运不能不说与贵妃有关。玄宗本想把她放在后宫,是贵妃强行制止之后才嫁往契丹的。

贵妃想起了静乐公主那幼稚的面容,虽然也有一种怜悯的心情,可是她觉得自己那也是势在必行。而且她想今后这类事件准还多得很。被好色的掌权者新看中的女人,尽管可怜,也要一个不剩地送往契丹。过去在唐室掌权的女人们,毫无例外地都是这么做的,也不能不这么做。贵妃觉得自己也会这么干的。

一开头,首先第一个要解决的就是对梅妃的措施。梅妃倒是不能送往契丹的,如果可能,她想把她送往比契丹更残酷的地方去。对于骂自己像猪的女人,贵妃是绝对不能容忍的。

可是贵妃也不想把这事做得过于露骨。在心里是想尽早地收拾梅妃,可是刚刚当妃子还没有多久,她还有些顾忌。

有一天贵妃向高力士不露痕迹地打听梅妃的事。高力士说道:

"梅妃已经搬到上阳宫去了,不在大明宫了。"

上阳宫是不受宠的女人的馆舍。

"为什么移到上阳宫去了呢?是皇帝下的命令吗?"贵妃问。

"据说是她自己希望去的。准是顾忌贵妃才这样做的。如今贵妃和梅妃您二人之间已经有了差距。您再也没有必要为此而担心了。"高力士说。

但是贵妃并没有完全听高力士的。那么高傲的梅妃,怎么会自己主动退出大明宫呢。她迁往上阳宫,恐怕是怕遭到贵妃的嫉妒,玄宗庇护她的措施吧。

想到这里,贵妃感到自己生玄宗的气了。玄宗准是觉得这样做,是对梅妃最好的办法。或者是玄宗和高力士商量之后,才采取了这样的措施的。无论何者,想到玄宗这是在庇护梅妃,贵妃就感到不快。玄宗也到上阳宫去,而贵妃却在一年之间,装作没看见的样子。然后在这一年之间,像高力士常常说的那样,先用自己的至亲和一门本家,巩固自己的周围,围上十层、二十层坚固的城墙,想在此基础之上,采取一口气将梅妃逐出宫外的措施。

九月中旬,传来了安禄山破奚、契丹的情报。杀死公主作乱的奚、契丹,让安禄山给平定下来了。在京城,安禄山的名字又到处传扬了一阵子。于此前后,还传来了皇甫惟明的军队与吐蕃交战的战报。战报说副将褚䂮战死,可见打得极其艰苦,传闻说谁胜谁败尚难预料。

安禄山和皇甫惟明这两个边疆司令官,不约而同地同异族交战,看上去好像在互相争功似的。只是这回安禄山占了上风。他这边有杀公主叛乱因而招致全国憎恨的奚和契丹这样的对手,与之交战打败了他们,当然安禄山的名声会大噪了。

安禄山的人望正在日益增高,有一天贵妃接见了堂叔伯哥哥杨钊。是高力士把他领来的。

"杨钊是则天武后陛下的宠臣张易之的姻亲,是在蜀地闻名的富豪采访使鲜于仲通的家里长大的。这一阵子,常常进京,奴婢特地把他引来见见贵妃。"高力士道。

这个年轻人身体健壮,容貌整齐,有男子气。这个年轻人比哪一个都更打动了贵妃的心的是,在过去接触的杨氏一门当中,只有这个年轻人气宇轩昂。他一点儿也看不出有卑屈和贪欲之色。只见他直直地挺起上身,好像是在说"你说吧"的样子,静静地站在一旁。完全像对等的关系似的,这样一些地方,有点儿惹人生气,然而这也算不得是这个年轻人的缺点。他身上有一种放在哪里也不服输的骄矜。

"我很想为妃君尽力,若有什么吩咐,请尽管不客气地说吧。"年轻人向贵妃开口说。声音清亮富有魅力。

杨钊退出以后,贵妃问高力士对杨有何想法。于是老宦官说:

"正因为我觉得他今后能够成为贵妃的膀臂,才把他领进来的。不知是否中您的意?"

"看得出他器量过人。"

听贵妃如此一说,高力士面现十分得意的神色说:

"您的眼力不愧是高。这样的人物是不多见的。老头子我在大约一年之前就常常见到他。这人声音有色泽,眼睛有威严,最突出之处还在于他能敏捷地察知人家在想什么。选择左还是右的判断力也快得很。加上年轻,这是无价之宝。总之,能助贵妃一臂之力的,除此无他。

"贵妃的几位姐姐,都是整整齐齐,聪明伶俐,美色绝伦。但是不管怎么说,她们是女人,就是能够帮贵妃的忙,也力量有限。我正在想到哪里再找个男的才好。我老头子看到杨钊的时候,心想这回贵妃您的地位就安如泰山了。在用人的时候,对杨钊这个人要大胆使用,这一点至为重要。好容易得到一个杨钊,如果不十分大胆地任用到底,他就发挥不出十二分的力量。我觉得立即安排他在什么位置上,让他掌什么权,他都能够轻松胜任。如果给他不像样的职位,像他那样的人,可能会有人忌惮他的将来,从而在他还是刚出土的幼芽时就将他铲掉。手中无权,便是人为刀俎,我为鱼肉啊。"高力士怀着满腔热情说。

像这么卖劲儿说话,这在高力士来说是罕见的。

"你说刚一出土就被铲掉,那又有谁去铲呢?"贵妃问。

"想着铲掉的人岂止一两个!贵妃您深居宫中一无所知,您马上会知道的。谁出头就铲谁,出一个铲一个,铲下的脑袋在渭河河滩上人头滚滚哪!渭河河滩的石头,都是这些头颅构成的。"高力士说。

"我明白了,就照你说的办吧。"

听贵妃如此一说,高力士立即压低了声音道:

"我觉得眼前先让杨钊当监察御史为好。只要能在那里大显身手,我想得到皇帝信任的机会必多。这样一来,不上两年我想就可升为度支郎中。度支郎中是专司财政的官。这样,此后的路杨钊就可以自己走了。"

"好的。"贵妃说。

因为过去的一切都是委之于高力士的,而且从未出过差错,杨钊的事也是一样,只要交给高力士就行了。她想恐怕这个从蜀地刚出来的年轻人,不久就将当上监察御史,接着在两年之后会当上度支郎中的吧。

这年十月到十二月,玄宗行幸温泉宫。贵妃也是在骊山山麓的离宫陪侍玄宗,度过了深秋到冬季的。自当上贵妃以来,这是她第一次离宫生活。离宫内石榴和柿子树极多。石榴不仅在离宫内,村落里也很多,然而那些好的,几乎都搜集到离宫里头去了。

十二月初,贵妃找来了村落的老人,听他们讲当地的古代留传下来的故事。这些故事个个是那么有趣。这个听人说故事的计划最初是贵妃定的,可是到后来,玄宗也和贵妃一块儿听起来。自古以来的传说不下几十个,因为离宫在骊山的山麓,所以其中有关骊山的传说,听起来特别引人入胜。

一位八十多岁的老人讲了这么一段:

"骊山顶上有两座庙。一座叫老母庙,一座叫人祖庙。在这两座庙当中,我只讲人祖庙的故事吧。那是世界上还没有人类时候的事。在这骊山顶上,最初住着两个人。那是一对年轻的兄妹。他们想兄妹二人能不能成为夫妻。成为夫妻要是不生孩子,人类就不会有子孙了。但是,他们是兄妹,兄妹结婚应该忌讳。于是兄妹两个商量,商定:把两个石臼从山顶滚下去,倘若两个石臼合而为一,就结婚;若是石臼各自分开,就不成夫妻。

"在一个月明如昼的夜晚,兄妹二人将两个石臼从山顶上滚落下来。两个石臼在月亮照射下闪着白光,从山坡上往下滚,在山麓,是的,刚好落到离宫的寝殿上,在那里严严实实地合在一起了。

"因此兄妹结成夫妻,生下了一些孩子。这些孩子的子孙就是今天的人类。为此,把祭祀这兄妹二人的庙叫作人祖庙。至今在骊山附近还可以挖掘出人类的骨头来。那大概是人类祖先们的骨头吧。"

另一位老人还讲了这样一个故事:

"骊山顶上有两座烽火台。这烽火台,流传着有关周代幽王的故事。幽王有一个名叫褒姒的妃子。褒姒长得非常美丽,幽王对她特别喜爱,可只是有一件难事,这位妃子从来不笑。对此,幽王心里也极其烦恼,他常常想怎么样让妃子笑一笑才好。

"这是骊山顶上修起了烽火台时候的事。有一天,幽王命令点火。烽火台意外地冒起了烟火,半山腰的王宫被那火光照得通红。于是人们从分散在骊山山麓上的百官的府邸里都飞跑出来,来到了王宫。大家都以为敌人打进来了。这时候褒姒才第一次有了笑容,说你们这些人都白跑来了。这是她第一次笑。

"可是,从此大约过了一年左右,这次可是来了真正的敌人。但是,百官谁也没有跑来。烽火台上明明都点着火。这时褒姒又笑了。这是第二次笑,笑得出了声。多半是她觉得很可笑吧。由于这次敌人的袭击,幽王亡了国。"

听了幽王妃褒姒的故事,贵妃也笑了。看上去贵妃的笑容和褒姒一样派头挺大,却有些孩子气。

另一位老人说:

"秦始皇,如您所知在骊山山麓有一座宫殿。在这宫殿的附近住着一位非常美丽的仙女。因为秦始皇喜好女色,他几次提出要求那位美丽的仙女入后宫,可是仙女都不答应。

"于是,有一天秦始皇捉住了仙女,把她带进宫殿,强行按自己的意思办了。仙女非常生气,向秦始皇的脸上吐了一口唾沫。于是吐上唾沫的地方变成了痣。这使得秦始皇也为难起来,为自己的行为道了歉,请求仙女把他的痣诊好。知道了秦始皇从内心里后悔自己办了坏事,仙女才答应了秦始皇的要求,告诉他用华清池的水洗脸就好了。秦始皇照样办,好容易才把脸上的痣诊好了。所谓的华清池,就是如今骊山的这口温泉。正因为有这样的传说,这个温泉对医治皮肤病才有效验的。"

听到这段故事之后,贵妃对玄宗说:

"希望您不要生痣才好。"

"有了痣立刻就能治好。因为我每天都在这口温泉里洗澡。"玄宗苦笑着说。

听罢这些当地老人讲的故事,贵妃来到了离宫的庭院里,总是仰视耸立在离宫背后的骊山。听说骊山顶上现在仍有烽火台,她想看一看。在古老的故事中,褒姒的故事最为有趣。褒姒妃的故事,只要她一想起来,立刻就涌上笑容。

有一天,贵妃正在庭院闲步,想起了这个故事,突然停住了脚步。若照平常总是忍不住要笑的,然而此刻,岂止没有笑,连自己都觉察到两颊有些僵硬了。自己对褒姒的不笑感到奇怪,心想自己是不是也不笑呢?这样一想,也发觉自己就本来意义上的笑来说,也有几年没笑了。不笑的岂止一个褒姒,贵妃自己也完全是一样的。

贵妃第一次产生了要环视自己周围的想法,她觉得不但自己不笑,梅妃也是不笑的。不仅褒姒、自己和梅妃,凡是当上掌权者的妃子的女人们,难道不都是无一例外地自从进宫的时候起,就抛弃了笑的吗?笑被没收了去,代之却给了她们什么呢?莫非说是权力吗?贵妃忽然被一种狂暴的思想所支配。贵妃第一次正视了作为玄宗的爱妃的自己所握有的权力。

这对贵妃来说,是一个大事件。所以如此,是因为这种对权力的看法,这一辈子都离不开她,而且就像是对被没收了笑的诅咒一般,不得不和她自身所握有的权力结合起来。如同历史上女掌权者那样,一种残忍的东西在贵妃的内心里还占有一席。用也好不用也好,暂且不管,进入贵妃心里的,是只要想用的话任何时候都能使用它。如同褒姒见到火就笑一样,贵妃想自己也许是在那种时候才想笑。

天宝五载正月初,宣布陇右节度使皇甫惟明兼任河西节度使。得知这一消息,贵妃感到心里明亮了。在公布这一命令之前,贵妃对皇甫惟明的身世有一种漠然的不安。可是由此而知自己不过是空怀杞忧而已。

前年九月,皇甫惟明同吐蕃在石堡城苦战,损失了副将褚䜣,很快地,追查战败责任成了廷议上的问题。如考虑到过去皇甫惟明多年来的无数光辉战绩,只打一次败仗就剥夺战功追查败绩,说起来很难理解,但是一旦把皇甫惟明是宰相李林甫的政敌这一点考虑进去，那就不难理解了。

贵妃每当想起那个举止动作有风度、身材高大的武将那沉静的说话方式，心里就感到紧张。她有时想，如果代替李林甫，若是由惟明在京城当宰相，那该多好。但是那也未必是不可能实现的。倘若自己希望这样，并努力使之实现，那说不定什么时候也许能如愿。

这个皇甫惟明，突然在毫无预兆的情形下进得长安京城来，时值一月的中旬。皇甫惟明尝试了对吐蕃的复仇战，带着战争中俘获的十几个俘虏来了。皇甫惟明的突然回京，成为各方的话题。什么为了消除战败责任问题啦，特地来报告战捷啦，什么宰相李林甫下达了归还命令啦，其说不一。

皇甫惟明进京的次日，就谒见玄宗，其时贵妃也在座。

"这次还朝谒帝，将臣考虑中的事向帝申奏一本。"

这位面色浅黑的武将，静静地做了这样一个开场白，然后说道：

"不为别事。臣窃以为早一日使李林甫离开宰相地位，这对邦家是十分必要的。李宰相以为皇太子英明，早晚恐降祸于自己，他不仅策划了东宫的下台，还把出入东宫的人尽行除掉。其做法非常卑劣。自己不喜欢的人就让他死，过去死于李宰相之手的人不只是一千两千。对李林甫的怨嗟之声遍及天下。但是都怕他的权势,无人敢向皇帝申奏。臣为了将此事奏明皇帝,决心舍弃自身回朝来了。"

听着惟明这番话,贵妃觉察到自己脸色苍白起来。无论如何,把这样的事奏知玄宗,不能不说为时尚早。虽说普天之下对李林甫怨声载道,玄宗准是不相信的。因为他一次也没听见过。玄宗一定会把它当作皇甫惟明的谗言。而且在廷议上正在追查皇甫惟明的败仗责任问题的时候,奏这样的本,只能招来玄宗的误解。从这些地方来说,只能说是这位久离首都身居边陲的武将对政情的不了解。果然,玄宗脸色难看地说:

"听着,退朝!"

皇甫惟明昂然转过身去,高大的身躯迈着大步走了之后,贵妃感到一阵强烈的不安。她认为这也许是皇甫惟明的无可挽回的失策之举。

这天晚上,到了就寝的时候,贵妃派人去找高力士。高力士立刻就来了。

"这么深更半夜,贵妃身边莫非出了什么事?"老宦官在走廊上弯着身子说道。

"有件事找你商量。"

"什么事?"

"也不是别的事,皇甫惟明是不是得罪了陛下?"

"您的声音太高了。"高力士规诫道,"妃君应该在您一家都安插在您周围,巩固了自己地位之前,无论什么事都假装看不见才行,无论什么事都装作听不到才行。而且不管什么事,凡是有关政情,都不要开口。行吗?妃君——装聋、装瞎、装哑巴!"

说罢,高力士用双手捂住他那不男不女的脸,各用两只手指头按着两只眼睛、两只耳朵和嘴唇很薄的嘴。贵妃看不出高力士做这个样子是吓唬自己还是当真的。贵妃注视了这个老宦官的脸好久。在这当中夜间的寒气从脚下升起,贵妃不由得打了个冷战。

"妃君。"高力士从脸上把手拿开,然后悄悄地说,"陇右节度使皇甫惟明,刚才在崇仁坊的景龙观道士的屋子里与韦坚会面的时候,让李宰相抓起来了。被抓住了嘛,就已经无从申辩了。和韦坚在那样的秘密地点碰头,这本身就太笨了。对皇甫惟明这样的人来说,无论如何是太笨了。"

从高力士的口中,听不出他是高兴还是悲哀。韦坚是与李适之等人齐名反对李林甫的阵营中的一个。

"是皇帝命人逮捕的吗?"

"不是。"

"那么……"

"是李宰相指示的。长安城没有一块地方李宰相不潜伏着耳目。恐怕今天皇甫惟明是怎样向皇帝上奏的,一句不漏地到了李宰相的耳朵里去了。"

会有这样的事吗?白天谒见的地方不是没人在场吗?玄宗皇帝和皇甫惟明之外,只有自己在场。连个侍臣侍女都没有。在这种情况下,从皇甫惟明口中说出的话,怎么会泄漏出去呢?这时就像看透了贵妃的心思一样,高力士忽然笑道:

"妃君,您感到费解吧?我这老头子什么都知道,这就是最好的证据。"

然后,他向四周看了一下说道:

"噢,冷,好冷。夜已经深了。那么,妃君,您别冻着,歇息吧。"

说罢,高力士就像用头磨蹭走廊似的深深地俯着脸,慢慢地站起来,背向了贵妃。高力士不一会儿就像被黑暗吸收了去似的,消失在回廊的角落里。

次日,皇甫惟明和韦坚二人被投入监狱。李林甫奏知玄宗皇帝,说是他二人阴谋擅立太子。又过了两三天,在宫中到处都谈论着皇甫惟明和韦坚两人的事。这些话也传到了贵妃的耳中。李林甫命御史中丞王铁和京兆府法曹吉温等人鞭打他们二人,要宣布他们的罪名。

又过了两三天,发表了韦坚贬官缙云太守,皇甫惟明贬官播州太守的公报。听到这里,贵妃才吐了一口气。比起在严寒的狱中继续遭到鞭笞,不管怎样还是左迁的消息要好一些。只要是生命没有意外,她想也许有一天靠自己的力量,会把皇甫惟明调回京来。贵妃自己也感到奇怪,自己的心在这次事件中急速地倾向了皇甫惟明。虽说是倾向于他,倒是与一般女人倾向于男人的那种执着有些不同。因为自己刚想把自己的权力用于看中的人物,相反却被其他人给踢落了。既然如此,自己就只好在任何情况下,也把希望寄托在他身上,是这样的一种倾心。

贵妃感到自己强烈地憎恨李林甫。明显地把他当成对手,早晚非把这个敌人打倒不可。把李林甫当敌人,就是同时树立了很多个敌人,还非得把那些同李林甫勾结的所有宰臣们同时都当作敌人不可。但是,贵妃想老老实实地按高力士的话办事,在把自己的一族人在自己周围筑成坚固的城壁之前,必须坚持装聋作哑。

一月底给守卫边疆的武将王忠嗣,下达了任命他为河西、陇右、朔方、河东节度使的命令。也就是由王忠嗣一人身兼河西、陇右、朔方、河东各节度使。由于皇甫惟明的没落,幸运突然降临到过去不大出名的武将王忠嗣头上。王忠嗣之名,几乎在京城不为人们所知。刚好一年前的天宝四载正月,王忠嗣在萨河内山破突厥,即使那时,关于他的传闻,也没有安禄山和皇甫惟明那么有名。但是,如今王忠嗣却代替了皇甫惟明,成了与安禄山齐名的守卫边疆的大将军了。然而贵妃对这位将军却没有好感。当然她并没会过他,也并不知道这人的人格,但就因为他代替了皇甫惟明,仅此一点,她就对他产生不了好感。

四月,明媚的春光开始照射着长安城的时候,又出了一个事件。那就是李林甫的一个反对派的左相李适之辞官的事。贵妃若照过去,对这样一些官吏的引退也好,任命也好,都是一概不关心的,而现在的贵妃却不同了。她觉得李林甫又干了一桩自己不能允许的事。但是,过了不久,她就知道左相李适之的引退是出于自己的意志。虽然他是自己要求辞的官,可是他受了不得不辞官的事情的逼迫。因见韦坚、惟明遭贬,李适之觉得这灾难也并不是不会降到自己头上来,与其这样,莫如自己先要求弄个闲职。李适之当了太子少保,从政事中撤出身来。

韦坚的事件在这以后又引起了一些小的波澜。韦坚的弟弟主管建筑土木工程的副长官韦兰和兵部员外郎韦芝两人,向玄宗申诉其兄系冤案。但是,结果对他二人不利,把兰、芝二人都贬到了岭南。不仅如此,还连累其兄韦坚从缙云太守又降了,贬为离京城八百里的江夏别驾。

此后还不到十天,把辞了官的李适之,贬为宜春太守。接着把看作是适之一伙的韦斌贬为巴陵太守,把王琚贬为夷陵别驾。而且对地方官,也做了大量的变动。凡认为是李适之和韦坚一派的,就把他们全部流放、贬谪到了边远地方。这类公报天天都有。而且京城的检察极为严峻,哪怕是有一点不稳妥的言行的,都被捆绑起来鞭打至死。为此流言极多,谗言盛行。

正是在这种时候,在宫中却看到了过去从未看到过的华丽的女人的身姿。她们就是贵妃的三个姐姐。三个人天生的美貌加上讲究打扮,身穿绮罗为玄宗侍宴。贵妃的三个姐姐,不单是美貌异常,而且在观察人的内心世界上具有天才。刚刚轻佻地喊喊喳喳,转眼的工夫就没有忘记俯首装作虔诚。像这样的女人,过去在长安的王宫内部是不曾见到过的。那奢侈浮华和好玩,使贵妃相形见绌。

这三个姐姐对玄宗皇帝和贵妃绝不有失礼仪,但是对别人,一切言行举止都是傲慢的。

贵妃的生活同一年前的玉环时代，变得不可同日而语了。玉环时代，不过是受到皇帝宠爱的一个女人罢了，而现在贵妃作为大唐帝国的妃子，有着同玄宗皇帝相独立的生活。她不能不会晤众多的拜谒者，吃饭也必须请人一道。异族有身份的官员入朝来时，在正式的赐宴之外，有时贵妃也不能不以贵妃自己的身份在馆舍设宴招待。为此，近侍当然增加到玉环时代的几十倍，在贵妃院内服侍的宦官数目也增加了几倍。有一天，高力士说道：

"我想为妃君送别人东西，设一些专门的织绣工人。"

贵妃的一切事情都是委托高力士的，都是照高力士说的办的，所以这次也只是说：

"就这么办吧。"

"今年秋天就把工人配齐，让她们一早一晚就能把妃君送人的礼物织好。"

因听到高力士的话中有些夸张，贵妃就问道：

"你说的工人，大约有多少？"

"总共有七百人。"高力士答道。

贵妃每天都要过目从国外进贡来的衣服、宝石、器皿以及珍禽异兽、名花奇草。贵妃看中了的东西，就命留在自己的馆舍中；只要是她默不作声，这些东西就如不知从何而来一样，又消失到不知何方去了。

岭南经略张九章和广陵（扬州）长史王翼两人进贡品的数量也好，质量也好，都是超群的。有许多吸引了贵妃的精巧美丽的东西，不是张九章便是王翼进贡来的。为此，张九章加为三品，王翼当上了户部侍郎。他们二人分别在不同的时候，在高力士的引导下，到贵妃处来谢提拔之恩来了。

七月，为了让贵妃吃上荔枝，派使者来到了岭南。贵妃听说自己故乡蜀地所产的荔枝甚美，只是随便说了那么一句，就送来了比那更好吃的岭南荔枝。这回不是高力士的关照，而是玄宗皇帝的命令。

只贵妃这样的生活就已经够人侧目的了，又加上她的三个姐姐的穷奢极欲，就更加显眼了。三个人都被赐号"国夫人"，大姐封为韩国夫人，二姐封为虢国夫人，三姐封为秦国夫人。任何一次宴会，只要缺少了她们三个女人中的一个，也显得有些不足。她们个个才气焕发，富于机智，在宴席上娇媚的笑声不绝于耳。但是，据说只要她们一离开玄宗皇帝和贵妃身边，转眼之间表情就变了，一切言行举止都变得傲慢，彼此间便去竞华斗富。

其中特别是二姐虢国夫人，其傲慢程度已达顶点。她那比贵妃小上一圈的小巧的身体，只要是突然间站起来，就会发出绢丝的摩擦声。其容貌比起另外两个，毋宁说差一点，可是在侍宴时看上去却最美。她的身材，只能说是一个奢侈的肉块，眼、口、耳，总是为了迎合帝意而处于紧张状态。她说话应答比谁都反应灵敏，总是把一座的话题扯到自己所期望的地方来。

> 虢国夫人承主恩
> 平明骑马入宫门
> 却嫌脂粉污颜色
> 淡扫蛾眉朝至尊

当时的诗人是这样来歌咏虢国夫人的。作者有的说是杜甫，有的说是张祜。一清早在冰冷的空气中骑马进宫门，那种夸耀恩宠的虢国夫人的身姿正是这样的。这位夫人早年嫁给裴氏，丧夫守寡，终于因有贵妃之幸，得享今日的荣华。

贵妃在这三个女人中，不知为什么，只觉得这位虢国夫人成了她的心事。她对自己这个妃子尽礼这一点，是没有什么疏忽的，可是有一种说不出的不能大意之处。玄宗皇帝对贵妃和她的三个姐姐绝不是同等看待的。对贵妃另眼看待自不必说，对她的三个姐姐也绝不允许她们随便套近乎的。这三个姐姐们对于这一些事用不着谁去教导,都很通达事理。尽管如此,贵妃只对虢国夫人却不知怎么回事,不能不感到有一点不放心。

在长安的街头巷尾有这样的歌谣:

生男勿喜女勿悲
君今看女作门楣

这歌的意思是说,杨家因为生了女儿,才满门荣华。实际上也像这首歌子那样,杨氏一门所有的人都一天天地沿着飞黄腾达的阶梯往上爬,所有的人都赐了府邸。三个姐姐也不用说,每天都是从自己的府邸到宫中参谒的。

七月中旬,有个御驾游幸曲江的活动。曲江是城东南角的一条小运河的一段,这里的水边成了长安人们的游乐场所。附近有个叫乐游原的小丘,从这小丘到曲江水边一带,一年四季都是游人云集。玄宗皇帝游幸曲江的活动,在几天之前已经公布了,因此从王宫到曲江的沿道,尽是偷看玄宗一行的人。从前玄宗也曾行幸过京城民众行乐的场所,每一次沿途都是挤满了看热闹的人,相比之下,却没有这一回热闹。夺得了好看热闹的长安男女的心的,是贵妃和她的三个姐姐的伴游。人们想看一看这当代第一荣耀、华贵之极的丽人们齐聚的样子。

这一天,贵妃与玄宗同辇,贵妃的姐姐们都分别乘坐钿车①,跟随在后。因正在炎夏,正中午避开暑热,队伍在午后出了宫门,日暮时张宴,预定在天黑时还宫。百官臣僚也都参加了游宴。各自拉开一定距离行进的行列,一个刚刚通过,另一个就来了,络绎不绝。

三国夫人的钿车相继通过之后,接着总是发生一些混乱。与下面的队伍之间有相当的距离,这一段空隙便淹没在人们的叫唤声中。挤在路旁的群众不分男女老幼都一拥而上。因为从夫人们的车上,扔下了发饰啦,帽子啦,鞋子啦,盒子啦等等各式各样的东西。都是一些镶嵌着珍珠和宝石的高价物品。

从曲江畔到乐游原的小丘之间,搭建了一个大野外宴会场。断断续续地搭起了看台,拉上幕,设置了无数个饮食棚子。人数众多的臣僚、女官、侍女一下子分散了。等玄宗的御驾到来时,是刚好偏西的夏阳一刻刻减弱的阳光,照射到原野上,傍晚的风带来曲江凉气的时刻。唐朝诗人李商隐曾作诗

---

① 钿车:装饰着金银饰件的车。多指女性所乘华丽的车。——译注

来歌唱日落时的乐游原:

> 夕阳无限好
> 只是近黄昏

这天玄宗的野宴,也是在黄昏即将来临的时刻开始的。

唐初在乐游原的小丘上做了亭子,曾成为世世代代的掌权者们的游宴之处,玄宗和贵妃共同站立在亭子上。在这里可以极目远眺。沿着清流走去,可以看到远方的秦川。往西方一看,慈恩寺的高大建筑就在眼前,被大片郁郁苍苍的森林包裹着。不大的工夫,眼下的游宴会场便热闹起来。人们三三五五到处转悠,各按自己的所好占据位置。搬送酒和饭菜的服务人员们忙忙碌碌地穿行其间。不知从哪里传来了音乐声。音乐声随着风忽高忽低,在亭子上也听得到。

少许,玄宗一行人为了去赴宴席,也从亭子上下来。在下难走的小路时,玄宗把右手交给了虢国夫人。贵妃觉得亭子那里好远眺风景,乘凉也最合适,所以在玄宗走了以后,她和十几个侍女又暂且留了一会儿。

贵妃忽然在无意之中往下看了一眼,那视线一旦落到从斜坡上往下走的玄宗和簇拥着他的一堆女人们时,就不再移动了。玄宗的身影也好,女人们的身影也好,看上去都极小,都被夕阳给染得通红。不断地从那里发出来娇声笑语。贵妃凝视着玄宗和走近他的虢国夫人那小巧的身姿。是不是会发生什么事的预感,此刻意外地占据了贵妃的心,转眼之间,果然发生了一个事件。

贵妃看见玄宗想用两只手来搂虢国夫人那小巧的身躯,就像回应玄宗似的,虢国夫人的手突然勾住了玄宗的脖子。在女人们中顿时发出了娇声,与此同时,玄宗和虢国夫人立即与对方分开了。这不过是在女人们面前闹着玩儿的,而贵妃却感到怒不可遏。她觉得玄宗到底是玄宗,虢国夫人也不愧是虢国夫人。特别是对虢国夫人的愤怒尤甚,那种不快,贵妃就如让自己养的狗咬了一般。

贵妃领着一群侍女,立刻就从有亭子的小丘下来了。来到宴会场以后,她横穿过去,走到曲江岸边,命侍者从这里即刻回宫。贵妃来时与玄宗同辇,自己的钿车没在这里。她只说了一句:

"准备车辆。"

这车辆不知是谁坐来的,立刻就准备好了。贵妃一行正在走的时候,玄宗派来使者要她马上出席酒宴。但是,贵妃不听,命随从出发了。

贵妃回到王宫之后,来到自己的馆舍,在这里等待着玄宗的使者到来。贵妃以为自己采取这样行动的理由,玄宗准是已经知道了。

深夜,虢国夫人带着几个侍女来访。贵妃拒而不见。她让侍女回复说心绪不好,已经上床睡了。那位小巧而傲慢的女人只得回去了。虢国夫人前脚刚走,高力士慌慌张张地走进来。

"行不行?请您只说这一句话,因为心情不好,才拼命地赶着回来的。只说这一句。不管谁来,您都只说这一句,此外不再多说。"高力士说。

"不,不行。"贵妃说,"我说受了虢国夫人的污辱。"

"不,不能这么说。"

"为什么?"

"不,那不行。虢国夫人就是那样的性格,有时候也许会惹着您,妃君您是通情达理的。她生性伶俐,怎么会背叛您呢!"

"你是向着谁的?"

"哎呀呀,您这样问就太无情了。老头子只有对您的忠诚。"

"让三国夫人那么得势,是谁干的?"

"对妃君来说,您的三位姐姐是谁也代替不了的您的膀臂,是您的帮手。三位姐姐越是得到陛下的信任,妃君的地位越安泰。在任何情况下,都不要分裂自己的力量。"

"虢国夫人今天干了什么勾当,您知道吗?"

"一点也不知道。但是不管她干了什么,也不是什么大不了的事。妃君为此而动怒,世上哪有此理!"

接着他又说道:

"高力士说的话,只这些您必须听我的。您现在就到陛下的馆舍去吧。您只说那一句话。"

"我的心情真是坏极了。"

贵妃说了这么一句,就把高力士丢在一边,蓦地进了寝室。仍然能够听到高力士那似哀求又似叫唤的声音。可是过了一会儿,周围便寂无声响了。高力士只得死心地走了。

次日清晨,贵妃被玄宗皇帝派来的使者给叫醒了。外边还黑乎乎的。贵妃出了寝室,急忙换上衣服,接待了老掌权人派来的使者。

"陛下命令妃君即刻离开这个馆舍,搬到令兄杨铦的府里去。"年轻的使者说。

贵妃要使者重复了一遍玄宗的命令。在听完之后,贵妃只说了一句:

"知道了。"

贵妃来到回廊上,也许是知道出了什么事吧,几十个侍女都在那里垂头等待。从她们之间穿过去,贵妃下了五六级石阶。在馆舍前已经预备好了一台轿子。贵妃进了轿子。高力士走过来,揭开轿帘子说:

"妃君,您不冷吗?起来这么早,想必您还没睡醒。我老头子想到您会吹得眼痛的。"

然后高力士放下帘子。轿子抬离了地面。贵妃知道了靠近轿子走的人是谁。那走路发出像用平板子拍击地面似的声音的人物,在这个世界上除高力士之外再无别人了。

杨铦的公馆看来已经得到了通知,前门大开,做着迎接贵妃的准备。贵妃来到了最里间。高力士对贵妃说:

"暂请忍耐一时,高力士一定来接您的驾。"

贵妃看见高力士的脸色与往常不同。

"恐怕再也不能在宫殿里见到你了。"贵妃说。

高力士像是说没有的事,小题大做地抖着身子说:

"不会有那种事。老头子拼上这条命,也把妃君接回宫里来。只忍耐两三天,两三天。"

说罢,就像待不住似的慌忙走了。从他那慌忙离开的样子,也令人感到事态的解决绝非易事。

贵妃谁也不见,把自己关在里间屋里。她既没见哥哥杨铦,也没见得知事态重大惊惶起来的杨氏一门的哪一个人。以叔父玄珪、堂兄杨锜为首,韩国夫人、虢国夫人、秦国夫人三个姐姐都来了,贵妃却不让他们进自己的房间来。贵妃没有比今天更厌恶这些托自己的福进了王宫的杨氏一门的人了。她觉得无论男女,都是不干净的。这一家满门是多么张皇失措,贵妃虽然身在里屋,却是了如指掌的。这座宽绰的公馆表面上静寂无声,正因如此,只要侧耳细听,就能听出哪里似乎有人在走廊上不断地走动。

实际上也是如此,杨铦家此刻,在宽阔的公馆里的角角落落都充满着一种不平常的气氛。男人和女人各都凑成一堆,商量这事态将如何处理。虽说是商量事态如何处理,可是谁也找不到议论的对象。只是突然之间贵妃触怒了玄宗,成了寄居哥哥家中之身,这一事件怎样解决为好,将怎样发展,是谁都无法预测的。只是一种不知怎么说才好的暗淡不吉的预感,袭击着如今齐集在杨铦家的几十个男男女女。也许不要到明天,今天之内,杨氏满门好不容易到手的官职就会被一个不剩地剥夺掉,这还不够,说不定还得赐死。

这些人们所想到的唯一共同之点,就是让贵妃去认错,以解玄宗之怒。此外没有别的好主意。可是他们想恳求贵妃这个重要人物,贵妃却拒不接见任何一个人。韩国夫人一次,秦国夫人两次曾走向贵妃的房间,两人都被近侍挡驾,谒见不到贵妃。

"谁都不准来见。"侍女总是重复这句同样的话。

最后虢国夫人来谒。虢国夫人看上去毋宁说比平常更生气勃勃似的。这一天是虢国夫人第一个跑到杨铦公馆来的,来了之后她那小小的身躯就一直到处转悠,从她那小嘴里发出穿透力又强、又响亮的声音。虢国夫人来到贵妃的房间前,在那里被一个侍女拒绝了接见时,她突然用尽全身气力哭叫起来:

"啊,像昨天那样快乐的宫殿生活已经结束了。那是梦呢还是现实呢?确定无疑是一场梦。我们做了一场梦。在梦中住宫殿,在梦中穿绮罗,在梦中有侍女,每天都是在梦中摆酒宴。啊,我们终于在昨天陪伴着陛下,坐着梦般的钿车,梦般地在曲江之畔徜徉,在梦中游了乐游原。可是,梦已经醒了。已经从极端快乐的梦中醒来了。"

虢国夫人那透彻嘹亮的声音,无论是谁听了也会被打动而觉得悲痛。虢国夫人的哭喊声,听起来到底不像作戏,使人只觉得那悲哀是发自肺腑的。少许,一个侍女走近虢国夫人,说道:

"请跟我从这边进来。多半会接见您。"

虢国夫人没有滴一滴眼泪的眼里闪着光辉,忽而又现出悲哀的表情进了房间。她静静地走到贵妃跟前。

"刚刚,你说过去的一切都是做梦。真的我觉得也是一场梦。一切的一切都是梦中的事,我的心也和你完全一样。陛下如果也是梦里的陛下,那么陛下对我们一门的态度,也不过是梦中的陛下干的,也就不那么令人生气了。请向大家传达我的意思,不管陛下有什么指示,都不要恨陛下。"贵妃说。

"怎么会恨陛下呢!不管陛下怎么吩咐,我们都决心服从陛下的命令,与妃君共命运。只是在这之前,对妃君只有一个愿望。"

"是什么呢?"贵妃问道。

"只请妃君去向陛下道歉,只这一次。妃君的心怎么会与陛下的不相通呢?陛下一定会饶恕妃君,温存您的心的。"

"饶恕我?!"贵妃沉默了一会儿,又说,"我一点儿也不想向陛下道歉。等陛下向我道歉,来迎接我的时候,我再进宫去。不然的话,由我去道歉,我是不能答应的。"

"您这位柔顺的妃君怎么会这么犟了呢?怪我有点絮叨,您不能再考虑一下吗?"虢国夫人说。

"什么?要我去道歉?陛下才该道歉,我没有什么可道歉的。因为你说一切都是梦,我才能够原谅他。"

"我想陛下的气,准是打妃君在游幸曲江的半路途中返回王宫来的。"

"我为什么半路途中回来的,陛下是要我说出来吗?"

"我觉得说出来比不说的好。"虢国夫人说。

"虢国夫人哟。像您刚才说的那样,昨天以前的事统统是梦。我也是这么想的,也希望大家都这么想。要不了多久,一种新的命运就会降临到我们的头上。请代我传达给大家,不管它是什么,我们都要老老实实地接受。杨氏一门所做的梦完结了。虽然还不知道是做了梦好还是没做的好,我们却看见了幸和不幸。"

说罢,贵妃从座位上站了起来。虢国夫人回到一家人聚集的地方,便说道:

"已经不行了。妃君没有向陛下道歉的意思。突然魔鬼附了妃君的体。对一个发了疯的人,说什么也没用。像妃君这样的人,把满门的人都接来,说起来这就是错误的根源。倘若赐死,反正是无处可逃,莫如死了这条心勇敢地去死吧。若是只赶回农村就完事了,那是意外的好运气。——还不一定就赐死,就先做不赐死的准备,把值钱的东西都换成能够携带的小宝石吧。"

秦国夫人哭了起来。跟着也有几声哭泣,可是一会儿就静了下来。为了准备着万一,大家都有很多事要办,为了办这些事必须站起来。

这天夜里,有三辆车停在杨铦的公馆前,把米、面、酒等食物运进门内。这些是从管理粮食、仓库的衙门司农那里送来的。不知杨铦家怎么来解释送来的这些东西。他们的判断各不相同。既有认为杨家一门终于末日将临的,也有人说相反,是不是事态有好转的兆头,主张收下为好的。

次日,有十辆车运来了女官们穿的衣服。数量极为庞大。这也使杨家一门半喜半忧。再过一天,这回是五十辆车,运来了堆积如山的粮食。为了把这粮食运进公馆中,杨铦的门前整天都被干活的人弄得十分混杂。接着是这天晚上,宫廷里来了三十来个女官,为了侍候贵妃来到了杨铦家。杨铦家的人们为了给女官们让房子,都不得不一个不剩地到外面借宿。

贵妃搬到哥哥家的第五天头上,高力士来了。他说道:

"今天深夜,请您返回宫廷。陛下命令白天移动,可是怕京城的人们议论,我觉得还是回避为好。"

"但不知陛下对这次事件是怎么想的?"贵妃回。

"从妃君搬过来那天起,听说陛下食不下咽。我想多半是这样的,果然——哎呀,不得了。积愤无处发泄,尽发脾气,爷让妃君可折磨苦了。"

"既然这样,何必把我赶出来!"

"是,是的。这次回宫,您也不要提起此事。反正是已经过去的事了。陛下也深悔自己的做法。"

高力士接着又说:

"高力士这次经过深思熟虑,觉得您这一门能向陛下道歉的,一个合适的人也没有。您的母亲陇西夫人不行,您的哥哥杨铦还远远没有力量,堂兄杨锜只知道惊惶失措,在这种情况下,应该是最能帮助您的令伯父光禄卿银青光禄大夫杨玄珪,可是在这方面他一点也不行。能到高力士这里来办事、询问事情的,只有您叔伯哥哥杨钊一个人。杨钊现在已就任监察御史,这个人很了不起!"

贵妃觉得杨钊最近会超过一门的其他人,会飞黄腾达。自从与杨钊第一次见面以来,好久没看到他了。贵妃也觉得他是最能帮助自己的人物,除了那个高傲而不好对付的年轻人之外,再没有别的人了。这次在自己回宫的问题上,她觉得杨钊准能主动承担某项任务。

这天半夜,贵妃带着很多侍女出了杨铦府。贵妃坐着轿子,在觉得说不定再也看不到了的京城大道的正中间拉着长长的队伍前进。也许是设了警戒吧,一个过路的人都没看见。

家家户户都紧闭大门,清静得如同无人街似的。这时也是高力士骑马紧紧地跟随着贵妃的轿子。送往杨铦公馆的那天早晨,高力士是徒步跟轿子的,可是此刻他骑着马。

安兴坊的木头门开了。这一行人由此钻进去,从大华宅进了王宫。贵妃立即到了内殿,来到自己的房间休息。贵妃睡了一小觉,次日清晨就起了床。

正在考虑要不要吃早饭时,贵妃知道玄宗到自己房间来了。贵妃来到回廊,深深地低着头,迎接从对面走近自己的玄宗。进了房间看玄宗的脸面时,贵妃觉得好像有相当长时间都没会见这个老掌权者了。

"久违了!"贵妃说道,并不是讽刺对方。

"混账!你把我丢下,到哪里玩儿去了?"

这就是玄宗说出的第一句话。这使人觉得像是为了遮羞,然而贵妃却看见了玄宗脸上带着意外的一本正经,在注视着自己。她还没看见过玄宗显得这么老。平常与高力士比较时,总是看着年轻十岁,可是此刻却不然。他的脸上虽然没有宦官脸上那种特殊的阴暗的影子,可是那老年人的皱纹却是一样的,说不上比高力士年轻。

贵妃被半抱着进了绣帐,她抚摩着玄宗的手、胸、脖子和脸颊。贵妃此刻心里觉着似乎自己触到了自己的命运。她觉得自己的双臂夺回了这个握着自己生杀大权的人。探索了一下,他确实在这里,而贵妃用以查明此点的,不是别的,而是用她自己的生命。

这一天,在王宫的大厅里举行了盛大的酒宴。从京城的东西街上找齐了艺人,为了安慰贵妃的心,表演了五花八门的演技。时而喷着光焰的圈儿在空中起舞,时而白刃交叉着纷飞,时而绳子在空中描绘各种各样的花纹,时而几个侏儒小人像橹一样架在一起,各自用细棒棒旋转着碟子。这样一些节目无休无止,一个接着一个。偶尔能够听到虢国夫人的娇声。三个姐姐一如往常仍是美妆艳服,侍于宴前。就像没发生任何事情一样,明朗活泼地并排而坐。

虢国夫人准是还不知道自己在这次事件中扮演了一个什么角色。贵妃注视着三个漂亮的姐姐们。当她看到她们就如同自己命运的碎片一般,自己生则生、自己死则死的时候,觉得三国夫人那美貌,全不过是不结果的花一般虚无!

第五章

自从发生了贵妃触怒玄宗皇帝,让她寄身于哥哥杨铦府邸,再次返入宫中的事件之后不久,又发生了一个贵妃终生难忘的事件。那就是赐死皇甫惟明。皇甫惟明被解除陇右节度使和河西节度使的职务,被贬为播州太守是一月末的事。她曾想皇甫惟明的事件到此已经大体上告一段落,只要惟明远离京城长安,就不会再对他伸出迫害之手了。贵妃这么想,就连高力士也仿佛是这样想的。

可是突然在里巷之间传说着皇甫惟明已经被处死的消息。惟明曾作为守卫边疆的英雄轰动一时,他在长安的民众中也有人缘,而且尔后惟明遭到厄运,因此这次有关皇甫惟明的传闻,以异常的兴奋一个传一个地传开了。

处死惟明的事传入贵妃耳中时,街巷间的传说已经渐渐蔫火,这是贵妃从杨铦口中得知的。

"这话确实是真的吗?"贵妃叮问了一句。

"臣听到这街头巷尾的传闻时也是半信半疑的,可是却是真的,听说最近就会公布。"杨铦说。

贵妃在杨铦退出去之前,好容易忍住了,当剩下一个人时,她瘫软地躺在了椅子上。由很多侍女们帮忙,才把贵妃移到卧榻上去。

贵妃立即派人去找高力士,可是高力士假装正经地编造了一些理由,总不见到这里来。贵妃感到就连自己曾经当作自己人那么信得过的高力士,毕竟还是仇敌同伙中的一员。皇甫惟明的厄运是出于宰相李林甫的阴谋,这是明显的,然而高力士也不是没有参与。尽管如此,过去他却一直硬装作不知道的样子,因此不得不把高力士看作李林甫的一伙。

贵妃由皇甫惟明之死,方才知道自己对他的信赖是多么深。虽然并非特别亲近或有什么深交,仅只有过一两次简短的交谈,可是贵妃现在才不能不体会到皇甫惟明这个人品很好的中年武将在自己的心目中,占有多么重要的位置啊。她曾经想皇甫惟明一定还会回京的。那不单是空想,对贵妃来说,是无论如何非得达成不可的事情。贵妃做的每一个梦里,都是把皇甫惟明放在中央的。对于皇甫惟明的感觉,并非出自一个女人的爱情。贵妃始终是处于为皇甫惟明服务的地位的女人,皇甫惟明则是依照贵妃之命,按她的想法行事的武将。这种关系是永远不能改变的。自己从右边辅佐玄宗皇帝,皇甫惟明则从左边辅佐玄宗皇帝。政治也好,军事也好,尽由皇甫惟明的裁断来做出决定。然后把这些决定由惟明之口奏与玄宗皇帝。皇甫惟明的进宫朝见,必须是豪华而严峻的,必须威风凛凛,气势逼人。

贵妃明白了自己的一切美梦,都无声无息地破灭了。皇甫惟明的厄运,无论对惟明也好,对贵妃也好,都来得为时过早了。若是再等上两三年,贵妃自己的权力也安定了,杨氏一门的权力也应该变得强大,与当下不可同日而语。对这位没等到这一天,就在贬官的任所被处死的武将,贵妃感到无限的悲哀。

傍晚,高力士来了。也许是错觉吧,贵妃觉得他就像搜索什么似的,两眼溜溜湫湫,来到贵妃面前,恭恭敬敬地施了一礼。

"请那边坐。"贵妃努力装作平静的样子说。

贵妃让侍女们献茶之后,把近侍们一个不剩地都支使开了。高力士知道贵妃要和自己谈的话是不能让人听见的秘密,他自己也从座席上站了起来,重新看了看屋子的外面。这种时候,高力士的脸面,在一瞬之间变得有些异样了。这副面孔已经不是宦官的脸,而是眼色冰冷、冷静的武人的脸。他那非男非女的脸上,带着残忍。高力士一返回到座席,忽然又恢复到平常那副面孔说道:

"妃君,您想谈的是什么?妃君要谈的,让高力士猜一猜怎么样?"

对此贵妃默无一语,她不怀好意地注视着高力士的脸。

"——梅妃。是吧?"高力士低声说,"这事您就交给我老头子办好了。陛下到梅妃的馆舍去的事,老头子都知道。还能瞒过我吗?在后宫里,哪怕是有一只苍蝇飞到哪里,老头子立刻就会知道,比妃君知道得要早。您可不能怨恨陛下呀。陛下打算把梅妃搬到比现在的馆舍远得多的地方去,远得再也看不着。这事我都知道。我就是为了把这件事详细地说给您听才来的。"

贵妃仍然默不作声。她想听听高力士会继续说些什么,让他说完。高力士这次明显是猜错了。贵妃这还是头一次听说梅妃的事。关于梅妃她一无所知,但是从高力士的话来推想,这段时间似乎老掌权者常到梅妃那儿去。这才是尽人皆知的贵妃不能听漏的事。

"妃君,您把一切都交给老头子办吧。绝不会给您把事办坏的。"

"……"

"为什么您那漂亮的脸上罩上一层阴云呢？那么,这么办好了。若是陛下今天晚上也……"

当高力士说到这里时,贵妃把他的话打断了。

"梅妃的事,我简直一点儿也不知道。刚才听了你的话,才头一次听说陛下还有这样的事。但这些事,我一点儿也不在乎。就是当回事,我也无能为力。今天晚上陛下要到梅妃的馆舍里睡。由他去好了,我已经不愿为这些事让陛下再看我不高兴的脸色了。我不愿再被赶到杨铦的府里去了。我还惜命,不愿意让人赐死。"

贵妃皱着眉头,脸带悲怆地说。贵妃看见自己做出悲戚的表情时,这位老宦官的脸上也带上悲戚之色。高力士愁眉苦脸地说：

"哎呀呀……"他长叹了一声说,"梅妃的事……"

"梅妃的事别再提了。这不是我应该知道的。把陛下全都交给她算了。"

"不,妃君。"

"好了,别说了。"贵妃断然地说,"我不愿赐死。竟连皇甫惟明那样无罪的人都要赐死,这算什么世道！"

"妃君,您稍等等。"高力士忽地站起身来,又到屋外瞧看了一下，回到座席之后，低声说道，"忍耐，您再稍稍忍耐一下。"

"再怎么忍耐，皇甫惟明也不能复活过来吧。"

"妃君。"

高力士的脸阴暗地扭歪着，使贵妃吃惊。他的眼睛只看向空中的一点，不知在想什么。高力士把两只满是褶皱的手在他自己的脸前不住地摆动。然后把摆动着的手停下来，摊开手掌，像两堵墙那样摆在贵妃面前。

"妃君，您不要再提皇甫惟明了。总有一天能够说的。至于那是两年之后还是五年之后，那就不知道了。妃君，您好好听着。赐死的不只是皇甫惟明一个人。韦坚和他的弟弟也被赐死了。李适之在宜春，在赐死之前服毒自杀了。王琚在江华悬梁自缢。李适之的嗣子在河南被杖死。李邕和裴敦复也都被杖死了。在京城，也有有邻、勋、曾等人被杖死。他们的妻子被流放到边远地方。真是中外震栗。不知道的，只有妃君一人。妃君不知道姓名的武人、政治家，赐死的人，要是让我老头子一一说出来，还不知道要费多少工夫！"高力士说。

贵妃被令人不快的心情所震慑，已经开不了口了。李林甫的反对势力恐怕一个不剩地都被置于死地了。对这些事件，玄宗起着什么作用是无从想象的，就连在自己眼前的高力士,贵妃都不知他的本来面目。高力士是与李林甫勾结在一起的呢,还是属于另外的阵营呢,一点也看不出来。

贵妃照高力士说的,自己噤声不再在嘴里提到皇甫惟明之名了。确实是有一股想象不到的剧烈的、真相不明的紫黑色的暗流,在朝廷内部翻卷。

那天晚上,贵妃的脑子里老是不离梅妃的事。当她知道怜悯皇甫惟明到哪里也得不到回应时,取代它的梅妃的事却抓住了贵妃的心。她绝没忘记自己对梅妃的憎恨。只是在这段时间里,她觉得老掌权者的心好像已经完全脱离了梅妃,所以放松了对梅妃的警惕。她觉得随时都可以简单地把梅妃除掉。仅仅觉得,有必要在自己册立为妃之后过一段时间再实行。对皇甫惟明的悲悯找不到出路,如今化为一种强烈的愤怒,指向了梅妃。她觉得,必须尽早地将这个梅妃处以死刑才行。

次日清晨,贵妃比平常醒得都早,她立即叫来了两个侍女,命她们带路去梅妃的馆舍。

"是到梅妃的馆舍去吗?"

一个侍女说这话时脸色都变了,脸上浮现出一种清晰的困惑表情。贵妃马上命该侍女退出。另一个侍女面不改色地说:

"梅妃住在上阳的东宫。奴婢即刻给您带路。"

这个侍女对梅妃明显地带有敌意。贵妃与这个侍女二人离开了自己的馆舍。

沿着长长的回廊往前走。到处都有一群群的宫女深深地低着头迎接贵妃。走到半路上她们离开了回廊,横穿过铺着一片大石头的院子。接着又来到回廊,又穿过一层石头砌的院子。有好些地方还是头一次来。同样的建筑、同样的回廊、同样的庭院一个接着一个。贵妃走着走着脚痛起来。因平时极少步行,一步步地走这种不习惯的石砌的广场,这对贵妃来说,不是一件容易事。

当进入上阳东宫的时候,贵妃已经疲惫不堪了。她心想,玄宗皇帝又是怎么到这里来的呢。她想该不是骑马和坐轿来的吧。她问了侍女这件事。

"怕是先坐轿子出宫殿,然后从离得最近的一座门进来的吧。"侍女答道。

真的,说不定真有这样的方法。这一来,上阳的东宫绝不算是在王宫的偏僻的一角。从某一个门进来,准是个最近的宫殿。

"从那个门进来就好了。"贵妃说。

"从那个门进不来。妃君到梅妃馆舍来,我想只有这一条路。"侍女说。

远远地看得到梅妃馆舍的时候,周围的状况突然变了。在贵妃行走的回廊两侧,并列着成排的侍女。贵妃要来的消息好像早已传来了,到处都显得有些慌乱,尽管如此,却使人感到大体上仍无疏漏地来迎接了。在馆舍的入口处,一群老女人恭恭敬敬地迎接贵妃。

"因突然有急事要见陛下,贵妃就来了。"侍女说。

侍女趾高气扬地瞅了瞅老女人。这个侍女虽然是个只有十七八岁的青年女子,可是貌美而又无比冷静。

"请即刻让我们见陛下。"年轻的侍女说。这是不容分说的强硬语气。一群老女人都恭恭敬敬地低着头,可是其中的一个到里面去了。贵妃觉得自己这样,也许会像在这之前为了虢国夫人那样,招惹玄宗生气,但是这次并没有那么害怕。不管这个老掌权者怎么生气,她也有自信,自信他是不会把自己驱赶出去的。这种自信是由前次事件,自然地在贵妃心里生出来的。在两个人的关系上,贵妃自己增加了一小撮权力,而玄宗却失去了自己的一小撮权力。

贵妃一言不发地站在那里。她骤然感到馆舍内发生了一些不安的骚动。到里面去的老女人一出来,就使人有一种庄严的感觉,贵妃想玄宗本人也许会出来的。这时一阵慌乱的脚步声，跑了出来的是高力士，差一点摔倒。高力士来到老女人们的前面，向着贵妃低下了头。

"哎呀呀，妃君。"接着他便喘息着说，"我老头子在宫里这么跑还是头一次。"

说完仍然喘息不止，实际上那样子是有人报告高力士，说贵妃从自己的寝室里跑到这儿来了。

"来吧，妃君，您和我老头子一块儿回馆舍去吧。"

"我想见见陛下。"贵妃说。

"陛下？！陛下怎么会在这样的地方！"

"陛下不在就见见梅妃吧。"

"梅妃？！老头子觉得您可以不必见她。"

"好容易来到这里，就这样回去，我觉得还不如见一见梅妃的好。为什么不行呢？"

"哈。"

"梅妃不在吗？"贵妃抬高了嗓门。

"在。"

"那么就见见吧。请你带路。"

老宦官用手擦了擦额上的汗之后说：

"那么，请您稍候。我去通禀梅妃一声。"

"不，用不着。我这样进屋就行了。烦劳带路。"

"不,像妃君这样的人,咳,怎么这么不听话呀。"高力士以非常为难的表情,想了一会儿,说道,"好吧。这也请您稍待——暂且……暂且。"

说罢,慌慌张张地进了馆舍。一群老女人一动不动地始终低着头站在那里。那态度,就像是说不管现在这里发生什么事,都与自己毫无关系,面不改色地站在那里。高力士过不一会儿就回来了。

"欢迎,请进!"好像是很遗憾的样子摊开两手说。

"你不是说不在吗?"

"呀,是真的,梅妃不在。她身体不爽,昨天好像就到骊山的宫殿去了。她不在老头子也没办法。妃君,我来陪着您,咱们进馆吧。"

"如果说不在,就到她屋里看看吧。"

"妃君!"

高力士想阻拦的时候,贵妃已经迈步进馆了。就像体会到贵妃的意思似的,年轻侍女用明亮的声音对老女人们叫嚷道:

"让开!"

老女人一齐动了动,站到回廊两侧让开了一条路。在她们中间,年轻的侍女站在前面走了起来。贵妃随在她的身后。

"妃君,妃君!"高力士就像故意缠住贵妃似的,一会儿转到贵妃的前边,一会儿又绕到她身后。他自己也和贵妃一块儿,被吸进了馆舍的内部去了。

馆舍门口有好几个侍女并列在那儿,她们也低下了头。这时走在前头的侍女,和贵妃调换了一下位置,跟到贵妃后头去了。以贵妃、高力士、侍女的顺序,三个人进了馆舍。第一间屋子没有有人的迹象。右手有个会客室,里边才是寝室。侍女和高力士在要进头一个房间时停住了脚步,就像商量好了似的并立在那里。这时高力士已经豁出去,不再作声了。贵妃想进会客室,但有点踌躇。不知为什么,她感到里面似乎有人。从里边果然听到了玄宗的声音:

"一清早,在闹什么?"

玄宗果然在这里。

"您睡醒了吗?"贵妃问道。

"有什么睡醒不睡醒的?我也是才到。正在这里喝早茶。你来得正好。这儿有四川来的好茶。"

贵妃走进会客室。果真是老掌权者一个人在喝茶。室内采光不好,有点暗。大桌子、壶、屏风、花瓶放得很乱,正对面的床上还垂着帐幔。

"梅妃呢?"贵妃问。

"不知道。听说到骊山去了。"

"梅妃既然不在,您怎么到这儿来了?"

"来喝茶来了。"说罢,又补充了一句,"听说四川来了名茶。"

"您的名茶,恐怕是藏在床上了吧?"

听贵妃这么一说,玄宗大声地笑道:

"你可以打开看看嘛!"

他就是不说,贵妃也打算揭开看看的。贵妃走近前去,打开了卧榻的帐幔。卧榻本来收拾得好好的,现在已经弄得很乱。贵妃眼尖地看到卧榻的下摆那里翻放着青鞋和翡翠发饰。

"多可怜,梅妃光着脚就跑了。"

正说着,贵妃连看都不看一眼玄宗,马上就跑出那个房间,向着自己的馆舍走去。老女人和侍女们,回廊上四处都对走过去的贵妃低下头。走到半路上,年轻的侍女又走在前边,后边跟的是贵妃,再后边是高力士。高力士不断地在后面口中连连叫唤着什么,可是这声音却没有到达贵妃的耳中。

贵妃回到馆舍之后,关在屋子里谁也不见。高力士几次来到屋外,说是贵妃心情不好,都挡了驾。傍晚,玄宗来到了房间,可是贵妃却躺在床上没有动。她躺卧在床上说道:

"请您尽早地把我送到哥哥杨铦的府邸去吧。我在那里等待着您下达赐死的命令。与其在这样的污辱中苟延残喘,还不如赐死更痛快。您就是不下赐死的命令,我也准备自己断送自己的性命。从寿王那里召来的时候,就准备着一死的。因为有感于陛下的情意,才活到了今天。快乐的日子已经过去了。此后来的都是一些可悲的日子。与其去迎接这样一些可悲的日子,不如断送自己的生命,不知要好多少呢。"

贵妃擦眼抹泪,有时抬起脸来,怨恨似的凝视着老掌权者。

玄宗默默地走出了屋子,过了一刻钟的样子,又进来了。这次是和高力士一起来的。这时贵妃也是满口怨恨,随后说自己已经决心自杀。玄宗与高力士又出去了。屋子里由侍女们接连不断地拿来了一些老掌权者给的礼物。既有镶嵌着宝石的小箱,也有耀眼的漂亮的纺织品。贵妃对这些礼品连看都不看一眼。

到了夜晚,贵妃才从一整天来袭击着她的嫉妒的痛苦中解脱出来。发作的嫉妒袭击贵妃,突然而来,它的去也是突然而去。贵妃连自己也不知道这激昂的感情是怎么来的。贵妃觉得这一天,自己瘦了,衰老了。滚落在床下面的青鞋和翡翠,一整天都浮现在贵妃的眼前,这些东西就像用它们的锋利的尖端没头没脑地刺着贵妃的身心。

贵妃从卧榻上爬起来,穿上鞋子下了床。她来到旁边的房间,撩起窗帘,看见青青的月光洒在石头广场上。那是用极大的石头砌成的露台,看不见一根草和一把土。贵妃因室内闷热,想到外边去。来到房门口,忽然看到不知道从哪里来的三个侍女站在了面前。

"您想出去吗?"其中的一个低声询问。

"想到外边走一走。"

"这么深更半夜的,着了凉可不得了……"

"不要紧。"

贵妃这句话一出口,很重的门一下子打开了。因为白天是开着的,一点儿也没注意,然而深更半夜一看,这馆舍的门有一种牢狱一般的阴森之气。不知什么时候,侍女的人数增加了。贵妃站立在石台上时,听到从回廊的那一边响起了脚步声。一会儿现出一个人影儿,这条黑影在半路上离开回廊,站到了石台子上,朝这边走来。没错儿,准是高力士。听了一个侍女的报告,高力士大概是急忙赶来的。

"妃君,哎呀,又是半夜……"

高力士弯着上半身,伸过脸来仰望着贵妃的面庞。也许是月光的原因吧,高力士那深深地刻着皱纹的异样的脸,看上去非常苍白。高力士低声说道：

"屏退左右。"

不用等贵妃命令，侍女们就留下他们二人退下了。

"昨夜，妃君的一族都升了官职。近日之内就会有公报的。"高力士说。

"为什么还会有这样的事？"

"老头子不知道。多半是陛下为妃君尽的心意吧。不管怎样，对妃君来说，这是无上的可喜之事。"

贵妃就像想要重新再看看似的，眼神定定地看着高力士。她觉得这个老宦官，为了杨氏一门的荣达显贵，是什么机会也不会放过的。

"杨钊此后也将会有比过去更大的力量了。今后一切事情都和杨钊商量就行了。什么时候我将把这事详细地说给妃君听。已是半夜，老头子这就告退。希望您即刻迎候陛下。"

说罢，高力士注视着贵妃，意思是要她去接要来的老掌权者。

"请！——请把他接来吧。"贵妃说。

玄宗在贵妃的心目中，从应该受嫉妒的对象的位置，稍稍移动到不同的地方去了。必须从玄宗手里夺取的东西多得很。贵妃认为在李林甫和高力士还没夺走那些东西之前，自己也必须夺得。贵妃过去感到玄宗就是自己的命运,然而他不仅是自己的命运。他既是李林甫的命运,也是高力士的命运。对他们来说,老掌权者就只能是开拓自己命运的猎获物。

虢国夫人事件、皇甫惟明之死、梅妃事件等,到天宝五载(公元七四六年)夏天为止,对贵妃来说,惹她心烦的事极多,可是到秋天,一连都是平稳的日子。贵妃在虢国夫人和梅妃两个事件之后,感到老掌权者的爱病态地纠缠着自己。玄宗对贵妃的任何一点细微的表情动作都费尽了心思。贵妃面带笑容,玄宗的脸上就明朗一些;贵妃面带愁容,玄宗就为了哄她而坐立不安。反过来,贵妃这方面则有时把老掌权者拉到身边,有时把他丢开不理。既有自己主动找玄宗同床共枕的时候,又有玄宗找上门来也拒而不纳的时候。

贵妃把这个能使自己幸与不幸的老掌权者,时而紧紧地搂在怀里睡,又时而把他的手扒拉开,狠心地把他推到一边。贵妃被一种欲望驱使着:玄宗这个老掌权者的衰老的身体里积聚着一些什么?想把它全部抽出来看看。她有时感到自己冒着一半危险来摆弄这个不知几时会爆炸的危险物品。这危险物品到底是什么呢?贵妃温柔地摇晃着这个因迷恋自己而皮肤上黑斑明显日渐增多的老掌权者的身子,就像接触到污秽一样冷冰冰地应付着。

在这些问题上,贵妃和掌权者之间的关系,迟早会发生逆转的。这一阵子,贵妃觉得自己的肉体迥异于前,绚丽照人。自己很清楚。从看着贵妃的玄宗的眼睛里,贵妃也总是感到自己的光彩照人。掌握贵妃命运的人,如今却拜倒在贵妃的石榴裙下,她觉得无比的快乐。

十月,贵妃与玄宗行幸骊山的温泉宫。从几年前起着手进行的温泉宫的改建工程,大体上已竣工,玄宗废除了过去温泉宫的名字,改称华清宫。

在这段时间的长安,一身兼任河西、陇右、朔方、河东各节度使,远在边疆同异民族战斗,每次都树立战功的王忠嗣之名,日益大了起来。曾经由皇甫惟明所起的作用,现在由王忠嗣承袭下来了。首都民众听说王忠嗣要离开任所进京上奏作战之事后,都沸腾起来了。

十一月王忠嗣上京谒见玄宗。此时贵妃也在座。王忠嗣也是作为边疆武将深得人心,然而其风貌姿容则同皇甫惟明大不相同。他不讲究穿着,脸上的胡子扎扎拉拉,一眼看去,就使人感到是一员边疆武将。

王忠嗣奏道:

"臣之上京,是想奏知陛下安禄山有谋叛之心。安禄山在苏州广漠川筑雄武城,大量贮存武器,一有机会便要举起反旗。安禄山暗自蓄有异志,当地兵将人人都深信不疑。对这样异族出身的武人委以大军,这是再危险不过的了。"

对于王忠嗣的话,谁都一言不发。那个玄宗所宠爱的异民族出身的边疆武将,只要一想起他那风貌,谁都认为与反叛挂不上钩。

宰相李林甫开口说道:

"安禄山怎么会有叛心!夸大宣传己功,还都存非望之想者,才是有叛心的。"

这明显是从正面非难王忠嗣之辞。闻听此言,王忠嗣果然变了脸色站立起来,可是因有人制止,他又坐了下来。

李林甫又说道:

"陛下有彻底征讨吐蕃之意。曾说过战无不胜的阁下,应该去攻打吐蕃的根据地石堡城。开元二十九年,石堡城落入吐蕃之手,以至今日。"

对此,王忠嗣道:

"石堡城坚固异常,吐蕃以举国之兵守卫此地。此刻进兵该地,不死数万之兵,难望取胜。臣恐结果所得甚少,所失甚大。"

李林甫又说道:

"将军董延光请求亲自率兵攻打石堡城。陛下嘉其志,已准其奏。王忠嗣宜分兵支援他。"

因他打出了"陛下"这块招牌,王忠嗣便再也不能说什么了。

贵妃想起皇甫惟明还朝时,同样与李林甫发生了争执,如若可能,她倾向于支持王忠嗣。贵妃过去曾只以王忠嗣取代皇甫惟明成为边疆武将这一点,对他没有好感,现在则改变了观点。但是只对安禄山有反心的问题,贵妃却不能老老实实接受。贵妃不认为甘当自己的干儿子的那个天真的、自称杂胡的超群的巨汉心中,会装着那样无法无天的东西。

王忠嗣返回任所不久,在京城中就流传开了王忠嗣亲近太子亨,有拥兵伺机奉亨为太子之志。时隔不久,紧跟着就发布了从任所召还王忠嗣的命令,并在选拔他的后任。这一事态的内幕,使人感到总有些不完善、不明朗之处。在街头巷尾的土墙上乱涂着"天下将乱"的匿名张贴,也是在宣布了召还王忠嗣不久之后的事。

从这年秋天到次年天宝六载的春天这段时间,大臣高官屈死者极多。其中最显著的有户部侍郎兼御史中丞杨慎矜家满门。杨慎矜曾受到玄宗的极大信任,恐怕这正是李林甫所忌之处,所以诬他有反心,将其逮捕,杖责之后赐剑令其自刎。

包括杨慎矜的妻小,满门尽判流刑或遭杀害。京城民众,始终谈论着这一族人的悲惨命运。

自天宝六载的春天起,玄宗皇帝因健康状况不佳,几乎不问政事,一切政务都委任于李林甫。玄宗每月的大部分时间,都是在贵妃的馆舍中度过的。一日不见贵妃,心中即感不安,一日三餐也都是与贵妃共食,多在贵妃馆舍进行。因此,很多重大政务都拿到了贵妃的馆中处理。

宰相李林甫每日一次到贵妃馆中来谒见玄宗。李林甫如今已将政权悉握手中,但在玄宗和贵妃面前,却不露声色。事无巨细,他采取了都要请玄宗裁决的态度。贵妃感到玄宗看李林甫的眼色有些异样。那只能说是完全的信赖。玄宗在看贵妃时眼色也有异样,看李林甫时也有异样。贵妃明白这个老掌权者,已经完全成了这个"口蜜腹剑"的人物的俘虏。李林甫的任何言辞,都有使玄宗五体投地的力量。

身居边疆的安禄山此后再也没有上京,可是不断地派来了使者。这也是显示一种哪怕动一个兵卒,都要请示玄宗的态度。王忠嗣所上奏的他有反心,从他这种态度是一点都看不出来的。玄宗每逢接见他派来的使者时,都不忘记说:

"你传我的口信,让那个杂胡小子进京来!"

实际上玄宗也盼望着安禄山的入朝。他想如让安禄山伺宴,自己的健康也许会眼见得好起来的。安禄山的使者谒见玄宗之后,必须要到宰相李林甫家里去拜府。每次都给林甫府邸带去很多礼物。

高力士几乎一整天都不离玄宗的身旁。李林甫谒见玄宗的时候也好,安禄山的使者来谒见的时候也好,都必有高力士在座。贵妃看不出李林甫、安禄山、高力士三个人物之间的关系已经到了什么地步。他们三个人既有时互相牵制,也有时握手合作。他们三个人的共通之处,就是彼此不揭对方的短。只要一开口,必然是庇护对方。在这些方面,他们互相提携。从现在的地位来看,李林甫是宰相,老宦官是左监门大将军、知内侍省事的头衔,当然要把李林甫当作上司了。但是李林甫却不能不对高力士另眼相看,高力士对李林甫尽管也言语郑重,却一点也没有谦恭之意。高力士片刻也不离开老掌权者这件事,好像是高力士这个老宦官特意做给李林甫看,显示他是个特别人物似的。

由此可以得知,这位因健康状况不出朝堂、只顾沉溺于恋着贵妃的玄宗,至今仍然是他们所惧怕的一个人物。玄宗出口的一句话,仍然具有决定一切的力量。对于那些想把权势集中于自己手中的野心家们,现在的玄宗依旧准是他们感到麻烦的讨厌的对手。说不定什么时候,由他的一句话,自己就有被剥夺地位的危险。他是这么个难以对付的对手。

贵妃看着李林甫也好,高力士也好,安禄山也好,都是想有一天打倒对方,自己爬上去的野心家。虽然还不觉得他们对玄宗有反心,但都在竞争着要当玄宗下边的最有实力的人物,这是显而易见的。李林甫虽然身居相位,却对时刻不离掌权者左右的高力士放不下心来。安禄山名不虚传,他是统率大军的实力派,然而却远离京师,这一点比起李林甫和高力士来,身份不利。另一方面,高力士手中无兵马之权,政事上也无实权。但是,他紧紧地贴在玄宗身边,把玄宗牢牢地抓在了自己的手中。

十二月,突然下达敕令,把天下的岁贡都赐给宰相李林甫。尚书省把岁贡之物点验之后,都用车拉进了李林甫的府邸。这一消息骤然之间传遍了全国,都议论纷纷说李林甫的权势已经凌驾于皇帝之上了。实际上也是如此,此时百官尽归林甫门下,台省只不过空有其名,可以说是政治并不在这些衙门进行。当降诏将天下岁贡尽赐李林甫时,高力士如遭晴天霹雳,立刻跑到贵妃处。

"这次的事,妃君知道了吗?"高力士问道。

"不知道。"贵妃回答说。

"是这样的。这一两个月,李宰相应该没有和陛下单独见面哪。那怎么会成了这个样子呢,我真是一点儿也不明白。把天下一年的岁贡赐给宰相,这倒是没有什么了不起的,可是如果不是李宰相这么请求,就不会有这种事。问题是几时,在什么情况下,李宰相向陛下提出要求,陛下又是怎么答应的。"

贵妃还从来没有见过高力士的面部表情如此深刻过。在满是褶皱的脸上只有鼻子和眼睛刚毅有神,上半边脸看上去像老鹰。贵妃听到从高力士口中发出的声音都与平常不同了。

"几时,在哪里,陛下和李宰相说过这样的话?妃君,请您手摸胸膛想一想吧。"

照高力士的说法,好像是在问是不是李林甫进了只有贵妃和玄宗两个人待着的寝室。明显地,高力士从这一事件中受了打击。在自己不知道的情况下李宰相把事情办了,好像这在高力士来说,是无法忍受的。

发生了关于李林甫的这个事件后不久的第二年天宝七载四月,下了任命高力士为骠骑大将军的敕命。就是在原来左监门大将军、知内侍省事的头衔上,新加了个骠骑大将军。在唐朝的典章制度中,骠骑大将军是二十九个勋阶之首,这个老宦官,此时已经得到了作为臣下的最高荣誉。

这回是宰相李林甫毫不知情。发布这道命令的那天,李林甫在谒见玄宗时,为高力士谢了恩,声音却有些发颤。

这一天,高力士为了致谢来见贵妃,那脸上露出了这回可报复了李宰相似的得意之色。贵妃谈到了李宰相为此事脸色有些反常。

"这算什么,妃君。"高力士做出区区小事,何足挂齿的样子说,"我让李宰相再吓一跳。那就是最近将公布杨钊的任命。杨钊前些时候不是升为度支郎中了吗?这回我让他升为兵部侍郎兼御史中丞。从妃君的一门中,这是第一次出现了有实力的高官。"

贵妃与杨钊很长时间没见面了。杨钊有贵妃作中介,处于随时可以谒见玄宗的地位,但是他绝不利用这个特权。这一点,在杨氏一门中,只他一个与众不同。

自从得到骠骑大将军的称号,高力士的权力到达了朝廷内外。不知从什么时候起,皇太子称高力士为兄,称诸王公为翁了。在这一年的夏初,高力士在西京铸造的宝寿寺的寺钟就要完成,为了设斋,邀请贵妃那天临席。贵妃痛痛快快地就答应了。贵妃知道自己答应高力士的请求,这只是他为了向天下夸示自己的权势,可是贵妃却是有意报答高力士多年来为自己效的力。

寺钟斋戒那天,贵妃第一次被接进高力士的府邸,知道了这府邸有多么雄伟。但是尽管府邸修得那么阔绰,高力士却没有在那里起居。他常常是侍奉玄宗,一个人睡在殿帷里。

斋戒好像是专为显示高力士的权势似的,办得极为盛大。文武百官齐集宝寿寺院内。在贵妃的眼里,斋戒颇为奇妙。到会者为了供养,都撞了钟。可是撞一下就要布施一百缗钱。一般撞钟者都不是撞一下就作罢,而是连撞七八杵。其中为了讨高力士的欢心,也有的连撞二十杵的。只这一天的钟的供养,宝寿寺就赚了大钱。这其中有高力士这个宦官的贪得无厌的精心盘算。对此世上准是有人批判,可是贵妃却无责备之意,高力士更是坦然处之。

在同年夏天,廷臣们给玄宗皇帝奉上了一个尊号,叫作开元天宝圣文神武应道皇帝。比从前的称号,多了"应道"二字。老掌权者对这个称号很称心,即席宣布大赦,公布明年免去百姓的租庸。从前奉上尊号时玄宗也曾欢喜过,但这次却非前次可比。恐怕再过几年还会奉上别的尊号,人们觉得到那时,老掌权者还会比这一回更为高兴。人越老准是越高兴。

贵妃把玄宗搂在自己丰满的怀里,当听到玄宗对自己的称号不知是第几次感到欢喜时,她猛然被推下深渊似的寂寞的心情给魇住了。她想,自己怀中搂抱着的,究竟是什么呢?

这既是地上的无比朴素的生物,又是个可怜虫。贵妃渐渐露骨地双臂用劲紧紧地搂住了这个老掌权者的衰老的身躯。她没有让他窒息。她想重新弄清楚为什么在这个力气不足的肉体中,集结着李林甫和高力士都惧怕的权力呢?

从这年秋天开始,贵妃一族都相继得到了重用。只要是杨氏门中人,就授以重任。在这事的背后明显是有高力士的活动。高力士劝说玄宗,与李林甫商量着,把贵妃的周围,用杨氏一门的势力渐渐巩固起来。宰相李林甫会乐见其成吗?那就不得而知了,但即便他高居宰相之位,一接触到贵妃一家的事,尽管是表面上,也是不能反对的。加之贵妃进宫已经八年了,好容易当上了一家之主,把权势集中于自己的身上,也是极其自然的。

从此韩国夫人、虢国夫人、秦国夫人这三个贵妃的姐姐们的活动,更加豪华得显眼了。她们不断地出入宫廷,与玄宗狎戏,傲慢的言行日益增多。哥哥杨铦任命为鸿胪卿,堂兄杨锜任命为侍御史。他们过去都还谨慎,而如今却随着得到权势,旁若无人的言行也多了起来。三国夫人和铦、锜五家各自在京师开始大兴土木修盖府第,一堂之筑,竟费去千万两黄金,其中尤以虢国夫人为甚,极其豪华奢侈。

听说三个姐姐入见之时,公主们都要让路。五家的人去地方旅行时,府县长官们都出来迎接,据说他们的要求比圣谕还要严峻。四方送来的赠礼,在他们的门前辐辏,据说只要是给这五家送贿赂,凡有所请,便无不如愿。说杨氏一门的权势可倾天下,也不为过。

此外,从这时起,堂叔伯哥哥杨钊,也开始大大地引起了人们的注目。钊与一族中其余的人不同,在此之前,不大到宫中走动,但在天宝七载之后,出入宫却频繁起来。钊得到了玄宗皇帝的信任,其深得君心之处,即使是旁观者也很清楚。贵妃在开始的时候就听高力士说过终有一天会什么事都得找钊商量着办,确实有这种趋势。

杨钊置身于稍稍远离这一族人的位置。他尽管对贵妃尽礼,却很少同其他人们在一起。在杨氏一门中,他故意让人们看着自己与别人稍有不同。杨钊是被高力士发现的,以高力士为后盾渐渐爬上来的,另一方面,他也让宰相李林甫看中了。世人传说李林甫所有的大狱几乎都是出自杨钊之手,说是杨钊被任命为御史,是由李林甫的推荐,两个人的勾结似乎有超出人们想象的紧密。

贵妃好久都没与杨钊交谈了,这次谈话是杨钊当了御史中丞的时候。如果说高力士的话属实,这次他的提升,连李林甫都不知情。在发布命令的次日,为了致意,杨钊来到了贵妃

的馆舍。杨钊恭恭敬敬地来到贵妃面前,说道:

"平时在陛下身边常常见面,但总没有机会与您亲切地谈话。自上次到您的馆舍来参谒,已经有三年了。在此期间,贵妃已经筑起了坚如磐石的地位,实在该盛大地庆贺一番。"

"你才是在这期间得到了突飞猛进,这多么有助于壮大杨家一门的势力啊!"贵妃道。

"从臣开始,杨家一门得有今日,都是贵妃一人之力。可以说是有了贵妃,才有了杨氏一门。有贵妃之生,才有臣之生;当贵妃一生终结时,也是臣一生的终结。"杨钊出神地看着贵妃的眼睛说。

杨钊相貌堂堂,几乎都让人认不出来了。但是,贵妃猛然觉得自己并不喜欢这个人。杨钊也有李林甫那种冷酷劲儿。正因为对方有那么一种冷酷劲儿,贵妃才想把多年来隐藏在自己心里的话跟他说。贵妃道:

"有桩事和谁也不能商量,倒想借助你一臂之力。"

"但不知何事?只要妃君有命令,杨钊虽粉身碎骨亦在所不辞。"

"说实在的,过去曾有一个集皇帝的宠爱于一身的后宫女人,是我的心腹之患。"

"贵妃的心腹之患,就是我们杨氏一门的心腹之患。是不是梅妃?"

"正是她。"

"梅妃在大约一年之前,已经被逐出后宫,自那以后杳无消息。从她的家乡福建开始,到处都找遍了,也不见其人。我想大概是觉得大难将要临头,躲藏起来了吧。"杨钊道。

"皇帝不知道吗?"

"皇帝也好,李宰相也好,老头子也好,我想大概都不知真相吧。就这样丢下不管,我觉得也不会留下后患的。"

自己就是不拜托,既然杨钊已经干了这么多,把一切都委托他就行了。照杨钊说的丢开不管也成不了气候,可贵妃还是交代说:

"还请不要懈怠,好好调查调查。"

本来是用不着说的,可是作为贵妃却非说不行。如今自己已经能够决定梅妃的生死了,可是好容易自己有了这种权力,对手却不知去向,有权也无处使了。如果能捉到她,真想用鞭子活活把她抽死。

天宝八载正月,传来了去年年底陇右节度使哥舒翰,在青海边上大破吐蕃的捷报。还说哥舒翰在青海的龙驹岛筑城,取名应龙城,在那里对吐蕃进行戒备。在刚刚开春就接到这个捷报，朝廷上下都感到十分高兴。

二月，杨钊作为财务的负责人，上奏道：

"陛下恩德普及四海，州县富足，所有仓廪都粮食布帛充盈。如此仓廪充盈，真乃古今少有。现已无法再贮存物资了。愿将京城的仓廪内的东西，全都换成轻软之物。多少腾出仓廪的地方，此事至为重要。启奏陛下，将今年地方上的丁租、地税全部化为布帛，令其送进京来不知如何。以满为患者不仅仓廪，金库也是一样，今年的丁租、地税都没有地方装了。不拘怎样，希望陛下视察一下仓廪和金库的状况。"

这是非常景气的上奏。玄宗皇帝立即率领文武百官，去视察左藏，一个个地赐给百官布帛。然后改天又去看仓廪和金库，他看到了国库是多么丰足。杨钊担任了一一说明的角色。玄宗对任负责人的钊，赐以紫衣和珍奇的金鱼以示奖赏。

三月，朔方节度使张齐丘于中受降城的西北五十余里地筑横塞城，任命郭子仪为横塞军使。

四月，咸宁太守赵奉璋上书，列举宰相李林甫的罪状二十余条。但是，这个奏章在到达玄宗手里之前，就已被李林甫知道了。赵奉璋被捕，被活活杖责而死。不知是怎么泄漏的，此事在长安的市民中流传开来，赏花时节，听到的都是这一血腥的传闻。也不知道是谁说的，赵奉璋所列举的李林甫的第一条罪状,就是把猛将精兵尽都送到西北边疆,以至没有了守卫内地之兵了。有关李林甫的罪状的奏章不会有人看到,因此这不是赵奉璋指出的,而应该说这是民众对李林甫的批评之声。实际上也是如此,内地的武备是惊人的薄弱。没有一个志愿当兵的。一当上兵就被发往边疆,据说在那里做苦力活活把人累死,应该当兵的壮丁都逃避了。提到应募之兵,无一例外的都是一些无赖青年,尽是些不会使用武器的人。

对李林甫施政的批判之声,在街头巷尾日益喧嚣时,太白山的山人李浑的上奏到达了玄宗处。这个奏章说:

"我是多年住在太白山中的人,近来在山中遇到了一位神仙。神仙说金星洞有玉板石记,这是圣书福寿之符。因觉得奇怪,才上奏陛下。"

玄宗命御史中丞王铁,去太白山中寻找神仙说的那个符。王铁没隔多久,便把它拿回来了。

这事使玄宗极为高兴。他以为符瑞的出现,乃是由于祖宗的功德,于是在六月重新为过去的帝王奉上谥号。圣祖为大道玄元皇帝,高祖为神尧大圣皇帝,太宗为文武大圣皇帝,高宗为天皇大圣皇帝,中宗为孝和大圣皇帝,睿宗为玄真大圣皇帝,此外对窦太后以下,都加了谥号。

一年前,玄宗自己也因廷臣们奉给自己以开元天宝圣文神武应道皇帝的长长的尊号而十分欢喜,为这样的尊号动了心。其所以动心,在第三者看来觉得奇怪。贵妃在近旁看着玄宗为先祖皇帝们谥号是否妥当之事绞尽脑汁的样子,也不能不大感不解。这个老掌权者看上去像只难以理解的野兽。过去就看见在玄宗的心底里翻腾着自己这些人所远远不能理解的感情的旋涡,但是深入到玄宗的内部经过反复琢磨,在一般情况下,还是能够勉强地理解这个老掌权者的心事的。如今贵妃已经能够深入到玄宗的内心里去理解他的喜怒了。但是这回却没能钻到玄宗的心里,来看他为什么这样神魂颠倒地为祖先的皇帝上谥号。她不明白究竟为什么,为了那种实际上没有任何意义的尊号而那么鬼迷心窍。

夏初,玄宗下令陇右节度使哥舒翰攻击吐蕃的石堡城,尊号的风波告一段落之后,攻击吐蕃之事取而代之占据了玄宗的心。攻打吐蕃的根据地石堡城这件事,不仅是一个老掌权者的问题,稍为夸张一点来说,足可以说是左右唐帝国命运的事。自开元二十九年石堡城落入吐蕃之手以来,过去曾多次策划夺还,每次都是以牺牲太大为理由中止了。天宝五载秋,王忠嗣进京来的时候,也讨论了这个问题。宰相李林甫主张攻击,王忠嗣则说非送数万士卒之命不能取胜,反对了他的意见。嗣后就召还了王忠嗣,免了他的官,让哥舒翰代替了他。

哥舒翰的武名越来越高,频频传来破吐蕃的捷报,因此唐朝想借此机会,实现多年来的夙愿,一举夺下石堡城。

哥舒翰率陇右、河西全军,也将突厥、阿布思等异民族收在自己的麾下,向吐蕃的根据地进行了挑战。唐朝还给朔方、河东的六万三千士兵下达了动员命令,以援助哥舒翰作战。从出动兵员规模之大来说也好,从攻打石堡城的意义来说也好,这都是近年来所没有的大规模作战。

唐朝廷自不必说,长安的民众久违地因这次边疆作战紧张了起来。很长时间没从前线传来战报了。石堡城里的敌军不过数百名,然而三面都是悬崖峭壁,要想攻进去,只有一条道。

开仗之后过了一个月,捷报来到京城。哥舒翰身先士卒,终于打开了城池,把吐蕃的四百名官兵都抓住了。但是,在这次作战中,唐朝士卒却死了几万人,王忠嗣之前的预言变成了现实。因为牺牲太大,唐朝的当政者也不能陶醉于战捷的气氛。不管是多么小的战斗,只要是一听说自己一方战胜,玄宗总是大摆豪华的祝捷宴会,可是这回却没有这份心思,只发表了一纸战捷公报,关于祝贺宴会则毫无消息。

唐朝廷命哥舒翰在赤岭以西驻兵屯田,两千兵勇戍守龙驹岛。但是,除去牺牲过大这一事实,哥舒翰却做了一件大

事。多年来为吐蕃的入寇所烦恼的边疆人民,托哥舒翰将军之福,再也看不见吐蕃的青马了。这些地方作歌称赞哥舒翰道:

> 北斗七星高
> 哥舒夜带刀
> 至今窥牧马
> 不敢过临洮

十月,玄宗行幸骊山华清宫。贵妃亦随行逗留华清宫时,玄宗想于最近行幸杨钊府邸,与贵妃商量。皇帝行幸臣下的府邸,这是没有先例的。

"陛下,不知您怎么有了这种想法?"贵妃问道。

"想看一看杨钊会有什么样的表情,这不是很有意思吗?"玄宗答道。

贵妃知道杨钊很得老掌权者的心,却没想到会到如此地步。高力士和李林甫的府第,玄宗都还没有去过。

又过了两三天,高力士来访时,贵妃告诉他说玄宗要行幸杨钊府。听了之后,高力士使劲地左右摆着头,做出这怎么得了的表情,并且脸上的表情慢慢变得深刻。

"陛下是这么说的？确实是陛下亲口说的？陛下要亲自到杨钊大人家里？……哎呀。"

高力士一边说着，一边往后退，退到半路急忙转身，用奇妙的没有一点重量感的轻飘飘的步伐，向对面走去。从他那样子，贵妃知道了高力士为此受到了极大的冲击。杨钊之所以能爬上今天这样的高位，完全是由于高力士的推荐。关于杨钊的一切，都是通过高力士的手来进行的。可是如今杨钊却以自己本身的力量行动起来了。而且请求老掌权者行幸自己的府邸，这样几乎令人难以相信的事都干出来了。当然，这样的事不像是杨钊开的口。这准是玄宗一时想到，随口说出来的。然而尽管如此，玄宗之所以能够说出这样的话，也是杨钊自己创造的条件。

高力士连招呼都忘记了向贵妃打，就慌慌张张地走了。过了不一会儿，又回到贵妃的面前。这回高力士完全恢复了理智，冷静下来了。

"到杨钊大人的府邸行幸，这事恐怕是会实现的。这是陛下偶然想到的。只要是陛下想到了，我想付诸现实就不太难了。这是件大好事。无论是从哪方考虑，这对妃君来说都是可喜可贺的。这一来，杨钊大人的地位就更巩固了，此后李宰相也好，安禄山也好，再也不能动杨钊大人一个指头了。今后凡事妃君都找杨钊大人商量好了。此次行幸,杨钊大人必须改一改名字才行。杨钊这名字倒不是有什么不好,可是作为妃君出身的杨氏一门的顶梁柱,还应该有个更有分量的威风凛凛的名字。这且不管,从今以后还会乱一阵子,陛下还得给安禄山点什么吧,也得给李宰相点什么才行。如果行幸杨钊大人的府邸,对周围的别人,也得相应地赐点什么吧。——啊,单只想一想,也会忙得不可开交。托您的福,高力士今后也会比过去更忙了。头发也许会更白,脸上的皱纹也会增加几条的吧。"高力士说。

与其说这是对贵妃说话,不如说他是在说给自己听。高力士得知玄宗这一心血来潮的决定,受到了极大的冲击,然而没有多大工夫就恢复了原来的理智,他已下定决心,将这件事不仅仅是停留在玄宗的想法阶段,而是将其付诸实实在在的行动。

贵妃听了高力士说的话,知道了玄宗行幸杨钊府邸已经是不可动摇的事实。另外,玄宗还会在最近给杨钊赐一个与唐朝高官的地位相称的名字。如同过去高力士说出口的事——实现了一样,这些事也确定无疑地会实现。

十一月初从骊山还幸时,玄宗行幸了杨钊府邸。当然是一次非正式的行幸,可是却有百十来人伺候左右,高官只有高力士一人随行，贵妃也跟去了。宣阳坊的杨钊府为了迎接玄宗的行幸，用了仅仅不到十天的时间，就把近邻的人家全部迁走，把地基收在自己的院内，完全改装一新。

虽说是玄宗行幸，他却只是在杨钊府邸做了短时间的停驾，只在那里喝了一杯茶。这事在长安的民众中却起了对杨钊这一人物刮目相看的重大作用。如今杨钊不要申请，想修建多么大的府邸也无人提出异议，无论他怎么傲慢无礼，也可以通行无阻了。因为普天之下再没人不知道杨钊已是玄宗皇帝最信任的人了。

玄宗行幸杨钊府邸之事当然成了京城民众的话题，在一定的时间内，这本应成为街谈巷议的唯一内容，然而实际上并没有持续多久。改月到了十二月，另一个更有刺激性的大话题，夺走了民众的心。

噩耗突然来了。前些时候，朝廷曾命在赤岭以西驻兵屯田，以谪卒二千戍守龙驹岛。入冬该地忽被冰雪封闭，加之吐蕃不断袭击，为此发生了戍卒全部阵亡的事件。这一事件足以使有关杨钊的话题给冲得无影无踪。为了攻占石堡城，付出了数万将士牺牲的代价，可是却来了这样的噩耗。这只能说唐朝的边疆作战是一连串的失败。

第六章

又过了一年,迎接了天宝九载(公元七五〇年)的春天。边疆事件在人们的心里仍然记忆犹新。这年的春天,人们的心情都是阴暗的。新年的朝拜没有往年那么明朗,歌舞饮宴也有所撙节了。

二月,贵妃身边发生了一个事件。玄宗有个弟弟名叫成器,封为宁王,住在深宫。玄宗同这个弟弟气味相投,常常在一起饮宴。宁王也和玄宗一样喜欢音乐,自己也能吹横笛,其技艺之精,远远地超出了外行人。

有一天,贵妃正借来宁王的玉笛在吹呢,玄宗看见责备道:

"那支笛子是谁的?"玄宗的口气,从一开始就很粗暴。

"从宁王手里借来的。"贵妃答道。

"放在自己嘴上吹的笛子,不应该借给别人,也不是应该向别人借的东西。是宁王说要借给你的吗?"

"不,是我提出向他借的。"

"你为啥想借那种玩意儿呢?"

"宁王吹起来那么好听。我也想吹出那么好的音色来。"

"你是有所用心的,多半你的心在宁王身上。"

"陛下是说我的心也像您那样,被梅妃夺去了?"

这时的贵妃也没有从前那么老实了。她完全把老掌权者看成了一个普通的没有任何一点权力的无用之人。被嫉妒心所激怒的玄宗的脸上,一点也没有现出帝王的光辉。贵妃默默地目送着玄宗双肩直抖地离开了房间。

大约过了一刻钟,玄宗派来了使者。

"陛下请您搬到杨铦的府里去。"使者说。

"知道了。照办。"贵妃回答说。

这是第二次搬到杨铦府邸了。从前天宝五载时,是因为贵妃的嫉妒,这回却是因为玄宗的嫉妒。使者走了以后,平常在贵妃馆舍出入的朝臣们,相继慌慌张张地跑了来。都是劝说贵妃即刻去伺候玄宗,说她必须去道歉。

"我这会儿没有这样的打算。"贵妃答道。

不知过了多久,一个年轻的侍女说道:

"已经做好了准备。"

闻言贵妃站了起来。只有这一位侍女是冷静的,是从前带着贵妃去找梅妃的那个侍女。她脸上毫无表情,显得不动声色。对此,贵妃毋宁感到有些痛快。

沿着回廊走去,在钻过几个门楼的地方,贵妃看见摆列着二十来乘轿子。贵妃和侍女们一一上了轿子。当轿子正要起动时,高力士跑了过来。

"到底又出了什么事?我老头子一点儿也不知道。"高力士哭丧着脸说。

"得到了搬往杨铦府邸去的信。"

"为啥?"

"陛下很清楚。"

"杨钊大人知道此事吗?"

"我一概不知。"

于是高力士让轿子先慢点起动,立刻去谒见玄宗去了。贵妃在轿子里坐了约有半刻钟。这半刻钟非常无聊。过了一会儿,高力士回来了。他只说了句:"我陪您去。"轿子就起动了。

贵妃搬到杨铦的府邸过了三天。因为触怒了玄宗,贵妃一步也没离开居室。侍女们不知道贵妃将会受到什么处置,再说这事或许还会株连到自己的身上来,所以都不声不响悄悄地待在这里。不管什么时候宫中派来使者,贵妃身边的人都表示着一派恭顺的样子,这是对方立刻就能看得出来的。

也像前次一样,以贵妃的姐姐们为首,杨氏一门都聚集到杨铦府邸来了。韩国夫人也好,虢国夫人也好,秦国夫人也好,就像变了一个人,很少化妆,衣服也穿着朴素,甚至连说话的方式都改了。如果问到她们说了些什么,内容就只有杨钊在这件事上必定会消除玄宗的怒气的。

可是贵妃却没把被逼入这种境遇当一回事。假若没有周围人们的监视,她甚至想摆酒开宴、歌舞取乐一番。上一次倒还有点反省自己的过错之意,可这一次根本没有那种想法。嘴里虽然没说,倒觉得有些想借此惩罚玄宗的意思。自己出后宫搬来杨铦府邸,无疑正是玄宗皇帝方面受到了惩罚。贵妃是有这种自信的。

第四天头上,杨铦府邸活跃起来。这是因为得到了消息说杨钊已经上奏了关于贵妃的事。哎呀,这回就会宽饶了,个个都这么说,三位夫人开始欢闹起来。已经憋了三天了,好像是再也忍不住了似的,虢国夫人马上改换上华丽的服装,韩国夫人开始准备召集街上的乐师了。

可是没有多久,杨铦府邸又寂然无声了。这是因为传来了杨钊上奏的内容,是户部郎中吉温代替杨钊向玄宗申奏的。

"贵妃识虑甚浅,有违帝心。请莫放在杨铦府邸,应在宫中赐死。如帝对杨氏一门多少尚有情义,请不要在市井中惩罚贵妃,而是应召回宫中斩首。"

所谓上奏,就是这样的内容。没有听说这样的上奏是不是打动了玄宗的心。传来的只是上奏的内容。三国夫人听到之后,都大惊失色。最老实的秦国夫人哭了,脾气最大的虢国夫人叫唤起来。啊,已经再也别指望那种无止境的欢快日子回来了。不仅如此,贵妃也许会被杀的。贵妃被杀,同样的命运也会向自己迫近。

贵妃也听到了杨钊的上奏,贵妃觉得杨钊果然不愧是杨钊,竟上奏了这样的内容。在她的眼前浮现出玄宗困惑的表情。不管怎么出差错,玄宗也不会按照杨钊的话去办的。看准了老掌权者怒气已息、即将要召自己回宫的时机上这样的奏折,这个年轻野心家的这一招崭新到令人生厌。

果然,这天夜里,来了一个宦官使者。使者什么都没说,送来了豪华的膳食,说是玄宗赐的。贵妃对此深致谢意之后,剪下来自己一缕头发,托使者务必把它呈给玄宗。

"金玉珍玩都是陛下所赐,只要原来属于陛下之物,我就不能再拿它们回敬陛下了。只这一缕青丝是父母所赐,只这一点点是我自身之物。把它献给陛下,以表我的一片诚意吧。"

贵妃把使者打发走之后,等待着下次派来的使者。不会到明日,今日之内一定会再派来使者的。

使者回去大约只有一刻钟,这回是高力士来了。

"想必您在这么长的时间内,受了苦了。"高力士说道。

"再长不过是四天,我还想在这里多待一些时候。"贵妃说。

高力士明显是带着把自己领回宫殿的任务来的。贵妃觉得没有必要让他看到自己有一点喜色。

"您怎能那么说!陛下的怒气已经全消了……"

"也许陛下的怒气消了,可我的怒气却一点也没有消。一个人一旦决心去死,绝不是那么简单地就会回转心意。"贵妃道。

对这个什么事都得按自己的意思办的老掌权者,贵妃有心告诉他,自己想让他知道有些事有时行不通。

"妃君,"高力士一副认真的表情说,"您这不是疯了吗?妃君不是普通人。您的命运与众不同。只要您想要什么,什么事都办得到,您的力量大得很。"

"我要什么!这不是连一点自由也没有吗?由着陛下,忽而从宫殿赶出来,忽而又接进宫去,这些事我都厌烦了。请你回去,把这事奏明陛下。"

不管高力士说什么,贵妃都让他明白自己不想回去。

"我把这事好好向陛下说说,请他不要再发生这样的事了。让他在充分理解之后接您回去。"

高力士说罢,便从杨铦府邸回去了。实际上虽然不知道高力士是否向玄宗上奏了此事,高力士反正是这么说完就走了。

次日,高力士接贵妃出了杨铦府邸。贵妃再次回到了宫殿,当她一看到迎接自己的老掌权者时,差一点喊出声来。只有四五天没见,他老了许多。如同一个皮肤、眼睛一点光泽也没有的七十岁老人,怯生生地站在那儿迎接孙女儿一般。贵妃默默地走近玄宗说道:

"我想向您道歉,又没有什么可说的。"

"我知道。"玄宗说。

"您老了许多。"

"知道。"

"看不出还有年轻的地方。"

"知道。"

老掌权者把贵妃嘴里出来的这一连串刀刃一般的话,一一接住,他的脸色渐渐变得软弱无力了。然后眼睛注视着贵妃的面颊说道：

"你就是我的命！"

"这么要紧的命，你并不重视，为什么老是把它甩在一边？"贵妃连笑也没笑地说。

把贵妃送回杨铦府邸的事件，对贵妃这一生来说，也算是一个大事件了。再次召还回来的贵妃，和这次事件以前的贵妃不一样了。在贵妃看来，玄宗皇帝是个完全无力的人。这个曾经掌握自己命运、任意摆布自己的人，如今成了听任自己随心所欲而无能为力的人了。玄宗把让贵妃搂抱在怀当作一种生活价值，他已经怕再伤害贵妃的心了。在这一点上，可以说贵妃正在成为主宰玄宗本人命运的人。

贵妃在一切方面都爱挑剔，特别在每天的膳食上难以对付得很。一送来不如意的东西，就不动筷子。每当这时，玄宗就像自己的过失似的，提心吊胆地慌作一团。玄宗为贵妃进餐的事，真是心胆俱碎。这件事已经成了宫中的一个礼节，所有的人都争相把提高贵妃食欲当作一种风尚。玄宗命宦官姚思艺任检校进食使，让他专门注意贵妃的膳食。每天都在食桌上摆满吃不尽的山珍海味。据说一桌饭菜，约值十栋中等的房产。

四月，发生了御史大夫宋浑因受贿罪流放潮阳的事件。

这一事件不分朝廷内外，使所有的人都受到了冲击。这是因为宋浑是靠李林甫才得到今天这样的地位，他被看作是李林甫怀中的第一把刀子。人们以为只要李林甫不倒台，他是不会垮的。可是宋浑垮台了。不该发生的事发生了。虽然还不明白到底因为什么事落到这步田地，可是街头巷尾传闻成了风。过去与李林甫关系极好的户部郎中吉温，脱离了李林甫而去接近杨钊，传闻这是什么按杨钊的要求，剪断了李林甫的心腹啦，或者是杨钊听了吉温的劝说上奏了宋浑的事，才把他赶下了台的啦，等等。虽然还不得而知何者是真相，可是兵部侍郎兼御史中丞杨钊和宰相李林甫之间发生了矛盾，杨钊把李林甫势力下的一个有力的人物从朝堂上赶下来了，这似乎是事件的真相。

高力士每当来贵妃的馆舍伺候时，总是夸奖杨钊。他说杨氏一门已经安如泰山，贵妃的地位已经不可动摇了。而且据说玄宗的任何命令，都没有不经杨钊同意的。从高力士的这些话来考虑，贵妃也明白了杨钊已经骤然开始掌握极大的权力，他已经成了与宰相李林甫对抗，或者正在成为凌驾于李林甫之上的势力。

五月，赐安禄山为东平郡王。在这个国度里，将军封王还没有先例，这等于说安禄山受到了玄宗破格的恩宠。如果高力士说的话是正确的，那么这次对安禄山的恩赏，也应该是得到了杨钊的同意的,也许是由于这个原因吧,街头巷尾甚至传说着是不是杨钊和安禄山勾结起来,正在置李林甫于死地。

紧接着这件事之后,在八月,公布了让安禄山兼任河北道采访处置使的任命。同年八月,杨钊废掉了自己的名字"钊",请求玄宗赐给了"国忠"之名。贵妃想起了高力士曾说过杨钊将要改名,她想杨钊改为杨国忠,高力士一定是尽了力的。她觉得提出杨钊改名的话题的是高力士,选国忠二字为名的也一定是高力士。不管怎么说,把杨钊之名改为威风凛凛的杨国忠一事,将杨钊如今在宫廷中不可动摇的巨大地位与势力再一次明确地确定下来,并起到了将其公布于天下的作用。

自从杨国忠在朝堂上有了一席之地以来,才过去了不到四年的时间。他原本经高力士的推荐才踏上仕途,以贵妃为背景与李林甫勾结,得玄宗之宠,渐渐往上爬,才有今日的地位。而且他一在朝堂上有了地位,就迅速地与安禄山结伙对抗李林甫,骤然之间成了超出于李林甫的势力。

杨国忠压过李宰相成为第一个实力人物,贵妃也是求之不得的。它既可以保障杨氏一门的繁荣,又能使贵妃自身的处境不可动摇。借用高力士曾经说过的一句话来说,那就是如今在贵妃的周围,已经筑起了一道任何攻击都无法动摇的铜墙铁壁。

但是，杨国忠在短时间就获得的异常快的上升，即使是他有非凡之处，也使人看出明显绝非仅靠他自身之力。明处暗处都有高力士在背后牵着线。恐怕杨国忠开始作为李林甫的心腹而活动，得到玄宗的信任，以及与安禄山相勾结成为李林甫的对抗势力，准都是高力士的想法和经高力士之手策划的。这些事，贵妃都是十分明白的。一般来说，由于杨国忠的出现，这几年来围绕着玄宗皇帝所形成的李林甫、安禄山、高力士三股势力的平衡，看上去打破了，然而实际上破坏了这种平衡的不是杨国忠，应该说是高力士。

贵妃对高力士这个老宦官的看法，与过去完全不同了。过去无论什么大体上都是找高力士商量办事的，然而尽管如此，还是觉得对高力士有一点不大放心。但是，如今必须把高力士毫不含糊地真正当成是自己一伙的。而且他是个有着按自己的意思安排人与人之间关系的可怕的神力的人。

贵妃不能不感到高力士那满是褶皱的脸上的威武的鼻子也好，那闪着冷光的大眼睛也好，不像是老人的巨大躯体也好，和他那巨大身躯不相称的背影奇怪而没有依靠的样子也好，都有对自己的忠诚心。高力士说出的每一句话，听起来都是可信赖的。

贵妃在卧榻上,把老掌权者的身体,就像抱着一个小盒子似的,抱在自己的双臂当中睡觉。抱着玄宗的时候,贵妃感到玄宗的身体就像折成几叠似的蜷缩得很小,相反,自己这小小的身体却大了几圈。

贵妃让装着权力这种玩意儿的小盒子,一整晚都不离开自己的身边。这只小盒子,只要自己不甩掉,它已经哪里都不能去了。

有天晚上,贵妃听到睡在自己双臂中的老掌权者发出了异样的呻吟声。那声音好像就要憋死似的很痛苦。玄宗乱挠,把两只手蜷起在胸口上,蓦然把上半身从床上抬起来。

好像是做了个梦,玄宗醒过来之后,又马上躺倒,接着发出了平静的呼噜声。

可是贵妃在这天晚上却怎么也睡不着。她以与以往不同的想法注视着自己双臂间的这只小盒。已经是自己不甩掉就哪里也去不了的一只小盒。她发现这只小盒中说不定什么时候会变得空无所有,那可就麻烦了。

贵妃试想着玄宗死后自己的事。在玄宗死去的同时,这个小盒中的东西,应该是从自己手中整个儿地移往太子亨的手中。

就像老掌权者蓦然从床上起来那样,贵妃也忽地爬了起来。她觉得全身的血液都凝固了一般。太子亨的面容浮现在她的眼前,就像初次见到似的,他对她怒目而视。那眼睛说不上对自己有什么好意。那耳朵又小又薄,那人好像什么残酷的事都干得出来。

贵妃在这天晚上,就像则天武后、韦氏和太平公主有过的那样,在黑暗中感到时隐时现着红色、青色的火舌,使她不能入睡。小盒里的东西只要是不放在小盒里,只要是不把它取出来放在自己身上,就不能变成自己的东西。而且为了确实把它变为自己的东西,就只有把哪怕是稍微威胁自己的有危险的东西,都要除掉。作为掌权者的爱妃所不可避免的宿命,贵妃在这天晚上也以同过去完全不同的心情,考虑到摆在自己面前的权力,并且对为了把它牢牢地掌握在自己手里,施用陷害他人的阴谋诡计,有一种无可奈何的诱惑感。

十月初,因为玄宗有点儿感冒,贵妃有几天是单独在馆舍过夜的。有一天晚上,贵妃半夜醒来,喊侍女道:

"谁?"

她感到有谁蹲在屋子角落一般的恐怖感。手拿提灯的侍女闻声赶来。灯火通明的寝室里,一点异样也没有。侍女走了之后,她吹熄了室内的灯烛,屋里又是一片黑暗时,贵妃觉得又像有什么东西将要袭击自己似的不安起来。在她来说像这样的事还是头一次。玄宗至今仍然偶尔会害怕刺客的幻影,贵妃总是从他那可笑的胆战心惊中守护着玄宗。可是,那种可笑的事如今却发生在贵妃自己身上。一旦成为这种想法的俘虏,贵妃就无法从中逃脱了。她时而在馆舍周围听到人的脚步声,时而觉得石台的阶梯旁,有几个人藏在那里。

贵妃又呼唤侍女,接着又喊高力士。高力士与伴在玄宗身侧时一样,手持提灯,踏着长长的回廊,一个人来了。

"什么?在这个世界上谁会胆敢谋害贵妃!"高力士把身子弓在馆舍外的回廊上说。

但是贵妃却不能照旧听高力士的话。对杨氏一门的权势不快的,绝不只是李林甫这一派。即使对贵妃没有直接的仇恨,恨杨氏一门就等于完全指向贵妃,这是丝毫不足为怪的。

"半夜里打扰你很对不起。最近思虑的事情太多,大概是头脑疲乏了。"贵妃说。

"您说思虑的事情太多,但不知思虑的都是什么?"高力士道。

贵妃借此机会,想与高力士两个人单独待一会儿。贵妃支开侍女们,披着上衣,来到馆舍前的石台上。没有月亮,四周漆黑。

高力士手提提灯来到了他觉得是石台正中央的地方,在那里他又弓着身熄灭了灯火。

"您说吧。"高力士的声音。

"杨氏一门借你之力,如今正迎接着春光。可是这春天又能继续多久呢?"贵妃道。

这时听到了低低的笑声说:

"您为什么说这种话!"

"人是有一定寿命的,陛下也是有一定的寿命的。"

这时对方沉默了一会儿。

"只要妃君您紧紧地抓住杨国忠和安禄山这两个人,不管发生什么事,妃君的处境便永远是安泰的。只要一直着眼于这两个人。"

"有关太子的人品,我还一无所知。"贵妃果断地说。

这次高力士也是沉默了好一会儿,才站起身来,用几乎听不到的声音说:

"妃君的心情我很理解。绊脚石必须踢开,可是在真正有妨碍之前我认为还是不动它为好。到时候,我想杨国忠和安禄山两人中的一个,会办这件事的。"

"啊,您回馆舍歇息去吧。高力士什么事都知道。"

高力士给提灯点上了火,用一只手举起来。用这灯火照着,让贵妃进了房间。已经没有刺客的幻影了。把非说不可的两件事都说出以后的兴奋,使贵妃变得与刚才判若两人了。

天宝十载一月的上元之夜,杨氏五府,各都带着很多随从,齐打伙儿地在月夜的长安街头游逛。这阵子长安的市民们都把杨铦、杨锜、韩国夫人、虢国夫人、秦国夫人等贵妃的近亲五家,称为杨氏五府。杨氏五府的权势,凌驾于王族之上。他们全都构府于宣阳坊,生活上的奢侈浮华,令人瞠目。这天晚上杨家一群,与玄宗的第二十四个王女广平公主的一群人在街中相遇。双方都想先行通过西市门,互不让路。正在争持不下的时候,杨氏的随从挥动皮鞭打到了公主的衣服,为此发生了公主落马的事件。公主的丈夫程昌裔从马上下来想救公主,也挨了几鞭子。

听说公主把这一事件向父亲玄宗告状,玄宗在杖杀挥鞭打人的杨氏随从的同时,也剥夺了程昌裔的官职,不许他进宫朝谒。从这一件事,也可以看出杨氏一门的权势该有多大。

玄宗一方面允许杨氏一门专横,好像是为了保持平衡似的,对安禄山的宠爱也在加深。在杨氏五府的府邸所在的宣阳坊的南邻亲仁坊,玄宗下令为安禄山兴建新的府邸,财力不限,只图壮观。虽说是安禄山的府邸,安禄山却并未住在那里,只是在偶尔入朝时住上那么几天,为此而不惜投入万金的老掌权者的这种做法,无论在谁的眼中,都有些异乎寻常。

新府邸竣工时，安禄山来到了京城。这不是正式入朝，而是非正式的，没像平常那样小题大做地炫耀军威，兴师动众。依安禄山之请，玄宗除派宰相李林甫到安禄山府邸看望之外，还络绎不绝地派杨氏一门的人来到了安禄山的府邸。还有，玄宗进膳的时候，发现有什么珍奇的食物，立刻就派人送给安禄山。驮载鸟肉和鲜鱼的马匹，每天都在皇宫与安禄山府之间穿梭来往。

安禄山在长安逗留期间，迎接了自己的生日。这一天他被召进宫中，玄宗和贵妃盛情款待了他，赐给了他衣服、宝贝和酒馔。三天之后，安禄山再度被召进宫，到贵妃的馆舍伺候。这一天，在贵妃的馆舍中，举办了一个不拘礼仪的酒宴，以三国夫人为首的众多女人们，把安禄山当成婴儿一般，让他脱光衣服洗浴之后，把他放进用织锦做的大褓襁中。

无论什么样愚蠢的要求他都答应，他高兴地照女人们说的叫怎么办就怎么办。安禄山这个人物，在谁的眼睛里也是好到了顶的人物。这个据说有三百五十斤的有着巨大肚子的胡族出身的人物，却看不出像一部分人所流传着的那样，是个潜藏着以国家为敌之心的危险人物。看上去他既不像觊觎天下的野心家，又不像在边疆上叱咤三军的武将。他不过是一个只顾感激唐朝宠爱、演什么丑角都唯唐朝之命是从的、某些地方还带有几分可怜相的杂胡。

　　这天的宴席刚开到一半,玄宗也前来参加,还穿插了一幕向贵妃还襁褓费、向玄宗乞赐金银钱的滑稽戏,酒宴一直开到夜深。这次不拘礼仪的酒宴,后来多少成了问题。什么贵妃和安禄山两个人单独吃饭啦,什么两个人关在一间屋子里直到半夜啦,什么嬉戏之声达于户外啦,玄宗都起了疑心啦,等等。这些东西成了宫廷内的话题,过了一段时间,更成了街谈巷议的材料。这类谣传活灵活现,一些人信以为真,一些人并不相信。

　　安禄山返回任所不久,向玄宗提出要求,要兼任河东节度使。玄宗把一直担任河东节度使的韩休珉调任左羽林将军,代之按安禄山的要求,任命他兼任了河东节度使。

　　这年的四月,传来了剑南(四川省成都)节度使鲜于仲通与云南地方的蛮族战斗,打了个大败仗的报告。第一次战报送来没有多久,得知武将王天运战死,云南都护府落入蛮族之手。

　　对云南地方的作战,在这以后,每打必败。在炎热的地方损失了很多兵员的事,成为春夏之交人们热议的话题。关于征讨外寇的情况,发号施令的杨国忠虽然隐瞒败状没有公布,却不知怎么泄露了出去,有些人在批评杨国忠。

以这次云南都护府的沦陷为开端,边疆吃了一连串的败仗。七月,高仙芝讨伐石国(塔什干)失败;八月,安禄山与契丹战于吐护真河,也吃了败仗。高仙芝率领蕃汉兵三万,越过天山,迫近石国,与大食人展开了战斗,可是失去了大部分兵力。

杨国忠赌上了自己的名誉,也要夺回云南都护府。曾试图招募去云南的兵,但无人应募。云南是瘴疠之地,据说在打仗之前士卒就已十死八九,所以谁也不去当兵。杨国忠派出御史到各道去,在百姓中征兵。为此,地方上的青年被抓丁,强行押往军队。据说因为去的人个个愁怨,父母妻子相送,到处哭声震天。

从这个时期开始,杨国忠为了完成所辖工作,实行了强制手段,民间对杨国忠的批判之声越来越严峻了。

在这一时期,发生了贵妃和高力士都不能不关心的事件。那就是杨国忠奏明陛下说安禄山有反意。这次上奏只有玄宗和贵妃两个人在座。对于玄宗来说,杨国忠和安禄山都是宠臣。这是一个宠臣诋毁另一个宠臣。

贵妃知道了杨国忠在表面上做出与安禄山勾结的样子,骨子里却想排除安禄山。

贵妃把杨国忠的这次上奏告诉了高力士,高力士在一转眼的工夫就变了脸色。

"不行,那可不行。"他就像杨国忠本人在场似的,把双手在天空中舞动着说,"杨国忠大人说的这是哪里的话。不管他内心对安禄山是怎么想的,也不能说出口来。正因为与安禄山互相扶持,杨大人才维持了今天这样的地位。安禄山在边疆上拥有几十万大军,其实力整个唐朝都莫与匹敌。只有和这样的安禄山互相合作,杨国忠大人的发言才有那么大的力量,若其不然早就让李宰相干犯了。无论如何绝不能与安禄山之间生隙。这对妃君自身来说也是不能置之不管的大事。杨国忠和安禄山双方,是保卫妃君的城壁。岂能让这二者相争呢! 杨国忠大人的上奏,还只是在陛下和妃君二人的面前做的,这是不幸中之大幸。杨国忠大人对安禄山不怀好意之事若是被安禄山得知,那就不可挽回了。在朝堂上李宰相如果再握实权,杨国忠大人今天的地位就危险了。其次是,倒是一点儿也不要担这份心,假若陛下听信了杨国忠大人的话,想削弱安禄山的兵权,则安禄山为了自保,我想什么事都会干得出来的。"

"你说的什么事都干得出来是……"贵妃问道。

"因此……请陛下容情……"

高力士说到这里就闭口不说了。是想说他将扯起反旗呢,还是想说将与太子亨勾结呢,贵妃虽然不得而知,但确定的是无疑是这二者之一。

自从这件事发生后过了大约半个月,杨国忠又上奏玄宗说安禄山阴蓄异志,在他举事之前必须拔除这个祸根。这次也是只有玄宗和贵妃二人在座。杨国忠就像从心底里相信安禄山有反意似的,这次上奏异乎寻常的热情,致使杨国忠的面色都苍白了。

"暂且恳请陛下派人到安禄山的任所去。倘若无事,比什么都好。若是万一为臣言中,臣所担心的竟是事实,臣以为这是为国家计一日也不能耽搁的问题。"杨国忠道。

玄宗接受了杨国忠的意见,把了解边境形势作为表面理由,决定向安禄山的驻地派出使者。玄宗过去在宠爱宰相李林甫时,曾无条件地采纳了李林甫的话,而如今杨国忠却取代了李林甫的处境。玄宗对杨国忠的话,没有任何抵抗。但是,这次的情况却是,对派使者去了解有无反意的安禄山本人,玄宗和对杨国忠一样,也是毫无抵抗的。从这事来看,玄宗的内心准是有一种奇妙的想法,可是老掌权者的脸上却未动声色。惊人的无表情的玄宗接受了一个宠臣的意见,下达了调查另一个宠臣的命令。

那天晚上,贵妃又把高力士招来馆舍。

"做人真难哪。杨国忠大人这样的人也有不足之处。他是个做宰相的材料这是没有说的了,只是他的眼睛太过于尖了。安禄山也许是有反心的。看出这点非常困难。话又说回来,不管他有无反意,这又算得了什么。身在边境手握重兵的异族,谁还没有一点儿反心?问题是这种反心,是否会付之行动。不管他有无反心,只要安禄山是个尽忠于唐朝的武人就很好嘛。把他当成自己的助力,只要一世都成为自己的后盾就行了。他却做不到这一点。只说人家的反意时隐时现。"

接着高力士意外地把脸靠近贵妃,低声说道:

"我说的这些还只是个开头。妃君在任何情况下都要庇护安禄山。不管出了什么事,都不能离开安禄山。必须使安禄山总是站在皇帝和妃君一边。要是离开他就不得了啦。一离开他,和太子……"

说到这里高力士又噤声,注视着贵妃的眼睛。因他清楚地说出"太子"二字,贵妃就明白高力士要说什么了。

正当秋季过半,派往边境的使者一群人返回到京城来了。

报告极为详细。安禄山已兼领三镇,其势力极大,对部下的赏罚,尽由他出。安禄山还养着同罗、奚、契丹等投降者八千余人,喊他们叫作"曳落河"。所谓曳落河是胡语,即壮士之意。人如其名,这些异民族的投降者以武勇自命,一朝有事,将成为安禄山的得力帮手。安禄山还把家族子弟百余人组成近卫队,个个骁勇善战,据说对唐兵可以一当百。他还养着军马数万匹,所贮兵器也为数极多,难以计数。还派出商人奔走各地,靠彼等之手已收集珍宝数百万件之上,装备也贮存了数以百万计。安禄山以高尚、严庄、张通儒、将军孙孝哲等人为心腹。其中尤以高尚乃拔群的人才,他本名石危,颇为博学,作为安禄山幕下第一大臣在统管政治。将军孝哲也是逸才,掌兵马之权。

上奏完了之后,使者们都众口一词地说:

"安禄山在边疆上有很大的力量,但是一点也看不出有什么反意。我们认为可以说他全心都是对陛下的忠诚。"

这样一来,杨国忠也就再不能主张安禄山有反意了。玄宗觉得没有失掉这个宠臣就好,松了一口气,贵妃觉得没有失掉这面城墙就好,也松了一口气。

如同往年一样,这年的十月,玄宗行幸骊山的华清宫。贵妃自不必说,杨氏一门也跟随玄宗移居在骊山山麓。这次行幸华清宫时,杨氏五府各自聚为一团,穿着各不相同的衣裳。沿路为观看这些行装华丽的队伍的人们挤得热闹极了,从长安到骊山,两侧人墙连绵不断。

除杨氏五府之外,稀奇的是宰相李林甫也随驾前往。据传说,李林甫觉得杨国忠随驾而自己如不随行的话,不知道杨国忠要策划什么,为了封住杨国忠的口,他才也从长安来到了骊山的。杨国忠和李林甫等人来到骊山,就像学习他们的榜样似的,朝臣百官也都来到骊山山麓构筑住宅。为此,今年的华清宫一带,呈现出长安街的一部分迁到这里来一般的热闹。

玄宗的习惯,是每年最迟也要在十二月初就离开华清宫回归长安的,可是今年却在年内一直留在华清宫,在那里过了年,还都时已是翌年的正月了。

行幸华清宫时发生了一件事,玄宗皇帝行幸了杨国忠的府邸,并且任命杨国忠为剑南节度使。这样一来杨国忠身在京城,却遥领云南之地。

天宝十一载六月,杨国忠就将自己所领的云南地方的军情上奏道:

"吐蕃兵十六万,与南诏结伙。剑南之兵将其击破,夺还三城,俘虏六千三百,以路途遥远,谨挑选壮者千余人及投降的酋长献上。"

但是此后不久,蜀人上京来诉说南诏入寇边境,请求派大军到蜀地予以征讨。而且这种申诉反复进行了多次。

宰相李林甫上奏,主张身为剑南节度使的杨国忠宜率军赴云南，征讨南诏。这一上奏是在朝臣百官尽皆在座的大庭广众之下进行的。杨国忠尽管想拒绝李林甫的主张，也无由拒绝。这两三年来，杨国忠对宰相李林甫常常采取攻势，在削弱其势力上取得了成功，然而这次李林甫却似一举得雪积年的仇恨。作为玄宗皇帝，也无由拒绝李林甫的主张。

杨国忠来到贵妃的馆舍，说道：

"臣出征南方时，必受李林甫之害。希望以贵妃之力，救杨氏一门于危难。"

这不像平常杨国忠的说话方式，杨国忠失策地被逼入这种不得不恳求别人的地步。

"你怎么会当上了剑南节度使呢？你若是没有那种想法，怎么会有今日？"贵妃多少语带讥刺地说。

这话中，有对年轻阴谋家虑事不周的谴责。贵妃在这种情况下，也感到对杨国忠有一点不能信赖之处。有关安禄山的上奏只能说是粗心，这次的失策也是粗心之过。人在交好运的时候，无论怎么蛮干，无疑地都会招来好的结果；可是一旦哪里出了漏子，相反就会得到无可挽回的结果。杨国忠想以李林甫为敌，还想以安禄山为敌，贵妃也感觉到了这种干法的危险性。在这次事件中，完全是挨了李林甫的整。

贵妃就杨国忠的事，与高力士商量。

"我觉得他不暂时到蜀地去处理一下军事,这个事件是收不了场的。暂时去一下,这对杨国忠自己也有好处。"高力士说。

高力士在明里暗里保着杨国忠,他才有了今日。杨国忠究竟是不是自己想的那样是个大材,此时此刻高力士也不禁纳闷。

"但是,不管怎么说,对于杨氏一门,如今他是个重要角色。等他到了蜀地之后,您要请求陛下召他回来。"高力士道。

初秋,杨国忠向着南方自己的领地进发。但是,正如高力士说的,在杨国忠将到未到蜀地之际,玄宗皇帝就向蜀派来使者,将杨国忠召回了。

当杨国忠从边疆的旅途中归来时,他又意想不到地交了好运。这次是宰相李林甫已经病卧榻上不能再起了。杨国忠一回到长安,就径直到李林甫的病榻前去看望他。这回是李林甫处于逆境了。李林甫担心自己死后,自己的一家满门不知将遭到什么样的命运。

"林甫将死。公必继余之后成为宰相的吧。后事愿烦公……"林甫说。

对此,杨国忠道:

"恐负所托,当尽力而为。"

杨国忠说罢,以手掩面。杨国忠用手擦着脸上连自己也感到奇怪的不断淌下的汗水。

天宝十一载十一月,宰相李林甫死了。他于开元二十二年(公元七三四年)始为相,天宝元年升为宰相,在位十一年,虽被称为口蜜腹剑,总之,在他活着时没有倒台,这应该说是一位幸运的政治家。

李林甫使玄宗采纳自己的意见,把自己的反对派从朝廷中尽数赶走。韦坚和皇甫惟明等人被处以死刑,李适之被逼服毒自杀。即使是对自己的心腹,只要是深受玄宗之宠的,李林甫也会立即赶走。从杨慎矜开始,遭到这种厄运的人不胜枚举。

"林甫媚事左右,迎合上意,以固其宠。杜绝言路,掩蔽聪明,以成其奸。妒贤疾能,排抑胜己,以保其位。屡起大狱,诛逐贵臣,以张其势。"《资治通鉴》这样评论说。

李林甫这样的人物也未能胜过他的命数,将后事托与杨国忠之后就死了。林甫这一生中所犯的最大错误,就是把后事托给了杨国忠。接替李林甫一即相位,杨国忠立即对李林甫多年来经营的一族满门的势力进行了扫荡。

更年迎接天宝十二载时,杨国忠即上奏玄宗说李林甫曾勾结异族阿布思,企图叛变。此时,因安禄山常常把阿布思部落的降卒送进京来,玄宗把这些投降者提来,命人就李林甫与阿布思的关系做了调查。调查的结果,弄清了李林甫的反状,为此李林甫被削去了官爵,没收了财产,捣毁了棺椁,剥去了身上穿着的金紫衣裳。李林甫被装入一口小棺材,作为一个无名的庶民实行了改葬。他的一族也受到了惩罚。

这一事件是李林甫死后两个月发生的,有些人甚至传说,杨国忠与安禄山合谋,鞭打了他们的竞争者李林甫的尸体,把他这一派的势力从宫廷赶了出去。

杜甫歌咏了这年春天杨家一门豪华的曲江春游:

三月三日天气新

长安水边多丽人

态浓意远淑且真

肌理细腻骨肉匀

绣罗衣裳照暮春

蹙金孔雀银麒麟

头上何所有

翠微㔩叶垂鬓唇

背后何所见

珠压腰衱稳称身

绣着金捻线孔雀、银捻线麒麟的衣裳,珍珠的腰带,奢侈的发饰,杨家的夫人们和去年当了宰相的杨国忠共同在暮春的水边漫步。好似世上的春天,都是属于杨氏一门的。李林甫死后的实权尽行归入杨国忠的掌握。

从这段时间开始,贵妃觉得高力士这个老宦官好像时常有些出神。在玄宗面前伺候的时候,高力士的话语明显少了。周围的人说话,也不知道他听到了没有,只觉得他发呆的时候多了。

高力士由于李林甫的死而受了打击。长时间以来,和李林甫这个用一般手段对付不了的人有时互相提携,有时反目,或者有时夸奖对方,有时又责难对方,才保住了自己的地位,而如今那个对手却忽然从世上消失了。

并且李林甫的死,改变了高力士身边的一切事物。正因为有李林甫,才使得杨国忠和安禄山勾结,带来了杨家一门的权势扩张。现在李林甫已死,已无此必要了。杨国忠轻而易举地坐上了唐朝第一权臣的座位,如今连一个对抗的人也找不出来了。虽说有安禄山,他不过是远离京城的边境上的一介武夫。所以杨国忠已经不需要高力士了,高力士实际上为杨国忠也再没有可谋之事了。

一天晚上,贵妃把高力士叫到自己的馆舍,询问起他的健

康状况来。这时,高力士说道:

"我老头子过去只想为了贵妃您的好,该赶的赶走了,该保的保住了,我老头子已经再也无能为力了。忘记了托贵妃的福才有自己的今天的人一出现,将会发生各种各样的事。"

这是罕见的牢骚话。

"月色很好,咱们到外边看看吧。"

贵妃说罢,自己先站起来,走到用石头砌起来的宽阔的露台上。露台还修着通往下边露台的阶梯。贵妃站在台阶旁。贵妃命近侍退下。在馆舍中,也许会有什么人躲着听自己的谈话,可是站在石头上,就不必操这份心了。这儿没有一根草木,有的只是清冷的月光反照在几层宽阔的石台上。

"不断地听到有人传说安禄山有反意。"贵妃低声说。

李林甫死后,来京上奏安禄山有异志的地方上的武将多了起来。于是高力士也压低声音说:

"人类这种东西,一拥有大军,就想使用。杂胡的心,只有杂胡才知道。要是当真把它变成行动,京城就没有可以防御的力量了。无论几时,只要叛乱者想动手,都能够如愿以偿。如果新宰相是个聪明人,对此会有办法处置的。然而遗憾的是,杨国忠大人与叫杨钊的时候完全不是一个人!"这回高力士清清楚楚地说。

"那么受到陛下恩宠的安禄山……"

"是的。即使是安禄山,也并不想反叛陛下的。这一点我想不会错。安禄山从内心里是想亲近陛下和妃君的。只是将来,陛下的身体有什么变故的时候——杂胡小子也许正在等待着这一天。在这段时间里,作为朝廷来说,是什么事都能够做的。然而可怕的是,在此之前,这边却有人逼使安禄山举事。这样的氛围,被不自量力的人,搞得一天浓似一天。"

这里所说的不自量力的人,明显指的是杨国忠及其追随者。

"不管怎么说,安禄山是一座火山。为今之计,要慎重对待。"高力士说。

当谈到这些事的时候,高力士就不像平常那么慎重了。要照平常,总是小心又小心,一边说着话,还要向露台上东张西望;如今却不是这样了,有一种不负责任的劲头。

"看来我老头子办了错事。我原想他会对妃君有帮助的,谁知老头子的眼力不准了。"接着又说了句,"您冷吧。您该回馆舍了。"

说罢,高力士自己先向馆舍的方向走去。

杨国忠一再上奏安禄山有反状,可是玄宗都没听。在贵妃听起来,杨国忠嘴里说出的每一句话,都是为了陷害安禄山而编造的。贵妃对于政治上的事情，抱着一概不插嘴的态度，可是唯有对安禄山的事，却说了些包庇的话。

杨国忠启奏让陇右节度使哥舒翰兼任河西节度使。这是因为杨国忠想勾结哥舒翰对抗安禄山，谁都看得清清楚楚。让哥舒翰兼任河西节度使，谁也没有反对。高力士对此也表示赞成。如同安禄山是胡族出身一样，哥舒翰也是胡族出身。安禄山的父亲是胡族，母亲是突厥；而哥舒翰的父亲是突厥，母亲却是胡族。哥舒翰在对吐蕃的作战中立过大功，作为边疆的武将，勇名轰动天下。他同安禄山未必交好。同安禄山是个野心家、阴谋家相反，哥舒翰是个纯粹的武人，其性格也较为单纯。

杨国忠向哥舒翰伸出了手，在目前的情况下可以说是恰当的措施。哥舒翰过去支配的地方物产丰富，人们甚至说天下富庶莫如陇右。哥舒翰的使者进京来时，总是乘坐白骆驼，据说它可以日行五百里。

十月，玄宗皇帝行幸华清宫。这时也是由杨国忠、三国夫人率领一族相随，其行装之华丽在去年以上。杨国忠看见杨家一门的人饰以绮罗随驾行幸，便对高力士说：

"我原本出身寒家，托贵妃之福才有今日，从来不曾知道休息，一直过着忙碌的生活。但是我觉得自己是不能扬名于后世的,只有及时行乐。"

杨国忠不能不这样说,因为这次行幸是极尽人间奢华之能事的。但是,杨国忠特地说给高力士听,还有另一层意思。杨国忠说及时行乐,这一年在华清宫,杨国忠的一门都升官占据了枢要位置。也许杨国忠是想对高力士说,对我的独断专行你必须持沉默的态度。

玄宗行幸华清宫不久,杨国忠又上奏说安禄山的造反为期不远。他说:

"陛下,您不妨试试召安禄山进京。恐怕安禄山不会入朝来的。"

玄宗就此事与朝臣百官商量,大家都赞成召安禄山还朝。贵妃心想安禄山在入朝问题上是不是对杨国忠怀着戒心。高力士却持有不同的看法。

"安禄山怎么会不来呢?我以为安禄山还有很多东西要向陛下请赐。陛下在世期间,安禄山还会进京几次呢。若是李宰相还活着,事情当作别论,安禄山也许要等等看。安禄山的眼睛里也是只盯着李宰相的。"高力士说。

高力士这番话的言外之意,也是说明安禄山没把杨国忠当回事。

天宝十三载正月,安禄山入朝来了。因玄宗这一年是在华清宫里过的年,安禄山为了谒见玄宗,径直从长安来到了骊山。

安禄山谒见玄宗,拜过新年之后,马上抖动着巨大的身躯,两眼噙着泪水说道:

"臣原本胡人。完全是由于陛下的恩宠才有今日。谁知却为宰相杨国忠所憎恨。因此臣认为臣的死期不远了。"

席上并列的朝臣百官,都以怜悯之情,注视着这位边疆武将由悲叹而无可奈何地夸张地抖动着的身子。贵妃也觉得安禄山可怜。实际上安禄山也是在悲叹,沿着他的大脸颊流下的眼泪,怎么也不像是假眼泪。

安禄山受到了玄宗的优厚款待,得到了庞大的赏赐。每次安禄山参谒的时候,玄宗总是赏赐他点什么。一看到安禄山的脸面,玄宗不给他点什么就觉得不安。每当受赐,安禄山便有时呜咽,有时当场拜倒,一再叩谢恩宠。

玄宗没有什么东西可给安禄山时,就想加给他同平章事,与宰相并列。杨国忠反对说:

"安禄山虽有军功,却不会读、不会写。使不会读写的人与宰相并列,唐朝必为异国所轻。"

确如他说的那样。玄宗打消了封安禄山为宰相的念头,代之加给了左仆射的官职,对其子一人赐三品,一人赐四品官。

玄宗对于安禄山没有止境的知遇之恩,每次都使安禄山感激涕零。一方面感激涕零,到底还是安禄山,自己的要求一点儿也没有节制。每次谒见玄宗时都赐给了些什么,不赐的时候,便自己提出要求要点什么。当要求被接受时,便摇摆着巨大的身躯感激得流泪。从结果来看,是玄宗不断地给,安禄山不断地要,可是奇怪的是不管在谁的眼中,都并不觉得不自然。在安禄山来说,一切都进行得极其自然,哪怕是强索,也不感到脸皮厚。

安禄山要求兼领闲厩群牧。玄宗立刻就任命安禄山为闲厩陇右群牧等使。这时安禄山提出既然给了闲厩陇右群牧等使,所以也想兼任群牧总监。于是玄宗也按他的要求给了他兼司总监之职。安禄山立刻又申奏,任命了如今投入他的阵营中的吉温为武部侍郎兼充闲厩副使。安禄山的这种间不容发、接二连三的做法,真是让人看了心里痛快,精彩极了。吉温以此就可收集军马,训练军马了。

安禄山的要求是无止境的。安禄山又奏道:

"臣的各部将士,征讨奚、契丹、九姓①、同罗②等国,有的

---

① 九姓:唐代回纥的九个姓。——原注
② 同罗:种族名。勒勒(六朝末期至唐初,位于中国西北青海附近的突厥的一族)诸部之一。——原注

功勋卓著。恳望陛下打破先例,给予破格恩赏。"

于是,对安禄山的部下,全员实行了论功行赏。叙将军位者实有五百人,叙中部将者算起来有两千余人。安禄山自己也给部下将士准备了大批的奖品。

安禄山把凡能到手之物都弄到手里之后,三月,辞别了京城长安。安禄山临从长安动身时,玄宗脱下了自己身上的衣服给了他。高力士奉玄宗之命,把他送到长安城东的长乐坡,在那里摆下了送别宴席。谁都可以看出,在对安禄山如此恩宠的背后,贵妃的美言起了很大的作用。

在长安逗留期间,他显得一点儿都没有防备,没有警戒,处身于无忧无虑之中,甚至到别人为他担心的程度。可是一旦离开长安之后,他一改前时的态度,疾驱出关,乘船沿河而下。每走十余里就更换船夫,昼夜兼程,日行数百里,过郡县时安禄山也从不下船。不用说,这是防备杨国忠放出的刺客跟踪的措施。

安禄山回到任所范阳以后大约过了一个月,哥舒翰也为自己部下的将士请求论功行赏来了。作为玄宗,既然接受了安禄山的要求,也不会不接受哥舒翰的要求的。以这位有"陇右十将特进火拔州都督燕山郡王火拔归仁"这种怪头衔的人物被封为骠骑大将军为开始,授给了很多边境武将以将军称号。

六月发生了日蚀。贵妃和玄宗一块儿在宫殿回廊的一角眺望。天下将出现大变故的不安,几天来老是缠绕着贵妃。

这年夏天,命剑南留后李密率兵七万征讨南诏。对唐朝来说,很久没在南方打仗了。作战尽皆龃龉,在粮食无继之外,苦于瘴疫,蛮族猛烈追击,李密被捕,七万官兵全军覆没。杨国忠掩盖败绩,不断地发兵,死者达三十万人。

有一天,玄宗对高力士说:

"朕已老迈。朝中之事委之宰相,边疆的军事委之众将,幸而无忧。"

接着高力士也说话了。如同玄宗已老那样,高力士也老了。然而这个年迈的高力士的脸上像此刻这般激动,贵妃还从未见过。高力士眼睛看着玄宗,满是皱纹的嘴边筋肉蠕动了一下,不一会儿就开口说道:

"臣听说在云南作战中,屡屡丧失兵团。还有边疆的武将们拥有兵权,其势甚盛。陛下怎样才能制伏他们呢?一旦祸发,就将陷入不堪收拾的境地。高力士为此惴惴不安。怎么能说是无忧呢!"

"我知道。"玄宗只说了这么一句。

贵妃注视着玄宗的脸。从开元二十二年被召来华清宫,十四年的岁月已经流逝了。掌权者今年已经七十岁了。只在接见胡族出身的武将安禄山时,他的脸上才洋溢着生气,其他时候,玄宗如同坠入混浊的无底深渊。像过去曾发生过的,夜晚害怕刺客幻影那样的事是没有了,可是贵妃却觉得玄宗慢慢迟钝起来。

这年秋天,文武官员多少有了一些异动。为杨国忠所忌的陈希烈远离政事,当了太子太师。以被视为杨国忠一派的文部侍郎韦见素代替其职。还有河东太守兼本道采访使的韦陟,以受贿为由被加以按问,贬为桂岭尉。据说这是杨国忠憎恨韦陟的盛名所采取的措施。还把被视为安禄山心腹的武部侍郎吉温贬为澧阳长史。如今国内的人事,悉由杨国忠一意孤行。

从去年到今年,水灾和旱灾相继发生。京城长安附近饥饿的人群不绝于道。入秋之后,雨水不断。玄宗为拖延收获期的久雨而忧愁时,高力士说道:

"自陛下授权与宰相之后,赏罚不公,阴阳失度。长此以往,高力士也不知如何是好了。"

对此,玄宗仍只说了一句:

"知道了。"

玄宗对高力士,也变得完全软弱无力了。不管他说什么,都不会指责他。

这年二月,群臣又奉尊号,玄宗只高兴了那么几天,然而这个开元天地大宝圣文神武证道孝德皇帝,与他的名字很不相称,在贵妃的丰满的双臂中,他被折叠得小小的抱在怀里。玄宗对贵妃也大大地软弱下来,无论什么都照她说的办。如今贵妃已经能够无论什么事都把自己想到的,通过玄宗之口作为命令发出去。贵妃的权力一天比一天大起来。宰臣们不再把玄宗皇帝和贵妃视为掌权者和他的爱妃这样两个人,而是开始看作一个人了。但是,贵妃还不是直接指挥一切的。贵妃为了保住自身,要干的事多得很。虽说与自己同属一门,但早晚不将有点无法信赖的杨国忠拥有的权势夺过来便无法安心,太子亨也不能像现在这样放着不管。为了这些,无论如何也得加强与安禄山的合作。

贵妃有时在夜里,想起了相当于玄宗祖母的武后。武后哪怕是对自己一门的人,也是只要不顺眼就尽行诛戮,如今的贵妃也并不是不了解她的那种心情。若是杀杨国忠,也不能不杀他那一派的人。把必须杀的男女都算上,就不见得要把武后非难为稀世的杀戮者了。贵妃也必须成为一个与她同等或者超过她的杀戮者。在那样的晚上,贵妃害怕得叫起了高力士的名字。他已经是老而无力的宦官了,可是如同玄宗以前那样,贵妃也在得知高力士睡在同一个馆舍之后,才能够安心地睡觉。

天宝十四载正月,吐蕃的苏毗王之子悉诺罗逃离吐蕃前来投降了。从去年起洪水和干旱相继,京城挨饿者甚多,加之杨国忠制造的大狱,使得天下扰扰,不断发生阴暗和令人生厌的事件。一过新年,竟传来了悉诺罗投降的消息,无论怎么说,对于唐朝,这也是久未听到的好消息。玄宗也好,朝臣也好,心里都想,由此看来,天宝十四载该是和平、吉祥的一年。

二月,安禄山的副将何千年进京来了,是来请求批准把守卫边境的汉将三十二人换上胡族出身的将军的。因为安禄山本身就是胡族出身,其部下有汉将,总不免对他的命令有所龃龉。今年因策划与吐蕃、契丹打大仗,这时决心废掉汉将换上蕃将,想使作战取得效果,请示皇帝意下如何。

玄宗立即召开了廷议。杨国忠、韦见素等人反对。韦见素说:

"安禄山阴蓄异志已久。如今提出这种要求,臣以为其反叛就在眼前。"

紧接着,杨国忠也申述了自己的意见。但是玄宗没有听他们两个人的话。玄宗只要是别的事,什么都听杨国忠的,一到关于安禄山的事时,总是不听他的。像是只在这一件事上对杨国忠有抵抗似的,不听他的,反而包庇了安禄山。老掌权者的这种态度,在第三者看来,就好像他在保卫自己剩下来的最后一道城寨。与其说是包庇安禄山,看上去毋宁说在保卫自己的权利。那执拗的样子,如同所有的城池都失守了,还在守卫着最后一个碉堡,试图做誓死抵抗的败军之将。贵妃在用监视者的眼睛凝视着玄宗。

廷议的结果,派辅璆琳为使者到了安禄山的营寨。表面上是赐给安禄山珍果,而实际目的,是为了侦察安禄山的活动。璆琳离开京师不久,陇右节度使哥舒翰入朝来了。哥舒翰在进京途中得了病,不得不依然留在京城。

璆琳是四月回京的。

"禄山尽忠奉国,并无二心。"璆琳奏道。

也是四月,安禄山派使者入朝,奏知安禄山的军队攻破了奚和契丹。这次上奏,甚得时宜,不管杨国忠怎么上奏说安禄山有反心,都只起到了消失形迹的作用。在同一个月份,封适才投降而来的悉诺罗为怀义王,赐名李忠信。

到了五月,杨国忠坚定了说安禄山叛国的方针。因为无论怎样控诉安禄山有反心,也无法动摇玄宗的心,杨国忠终于诉之于非常手段。他命令警吏日夜包围安禄山在京的府邸。然后捕捉了禄山府邸的客人李超等人,送往御史台的监狱,制造了个理由就把他们杀了。

刚刚发生了这一事件,高力士就造访贵妃的馆舍说:

"事态已经到了不易收拾的地步。杨国忠终于以个人意见决心除掉禄山了。哎呀呀,这可是不得了的事。高力士已经是无计可施了。"

高力士的脸色苍白,其语调异乎寻常。

"这可怎么办才好呢?无论如何都听你的吩咐。"杨贵妃说。

贵妃的脸色像高力士一样的苍白。

"杨宰相这次的做法,我想安禄山已经知道了。京城的禄山的党羽们,必然已经给范阳送信去了。这样一来,安禄山会有什么想法,谁也不知道。恐怕此刻,作为禄山根据地的范阳会闹翻天了吧。军马嘶鸣,兵在出动。过去曾多次派使者去探看禄山的动静,而回来的人个个都上奏说禄山并无二心。但是,这次派去的使者却不同了。恐怕只要一脚踏进范阳之地,我想谁都会认定边境是不平静安稳的。这样一来,除了让陛下知道实情别无他法。"高力士说。

这一天,贵妃向玄宗提出自己生辰宴会上想召安禄山进京,请酌处。玄宗立刻就答应了。

"好长时间都没和杂胡小子饮宴了。"玄宗说。

如今玄宗觉得在世界上能安慰自己的心的,只有安禄山和贵妃两个人。对贵妃想召安禄山来的要求,他不会不答应的。

使者派往范阳,四十日后使者回京奏道:

"说是禄山病了,没能得以会见。入朝的事也以病为由谢绝了。范阳到处是兵马,笼罩着一片不寻常的气氛。"

玄宗听了使者的话,有些不高兴。不高兴并非是对事态的重大感到吃惊,而是他期待着安禄山的入朝,可是这却没能办到。他连做梦都不会梦到安禄山有了反意。贵妃也没有能够把边境的情势和禄山的反意联系起来考虑。

使者回京还不到十天,禄山的部下严庄赍表入朝来了。表上列举了杨国忠的二十四条罪状,言辞颇为激烈。

"杂胡小子,生什么气!"

玄宗说罢,把先时遭贬的禄山部下又恢复了原职,把这事告诉了安禄山。贵妃也是以为安禄山就是心里有些不稳,那也只是对杨国忠的,绝没想到会发生反叛唐朝廷的事态。

七月,禄山上表称:想于近来献上三千匹马。一匹马附有马卒二人,令蕃将二十二人护送,因系大部队的移动,请事先予以批准。表上是这么奏的。

对于禄山的这一上奏,河南尹达奚珣奉表道:

"从边境上移动兵马,甚为不稳。陛下宜晓谕禄山——车马行进宜俟至冬日。由朝廷给予人夫,勿劳本军。"

马匹的献上入冬再说。马匹的移动由朝廷派去官兵。不必烦劳你们的军队。就是这样的意思。

当得知达奚珣的上奏时,玄宗才开始怀疑安禄山的要求。玄宗的脸歪扭成异样,连连说道:

"这杂胡小子……这杂胡小子……这杂胡小子!"

接着他向高力士和贵妃询问,安禄山打算移动马匹的真意如何。贵妃默不作声,高力士答道:

"奴才甚觉不稳。为什么如今忽然要献马呢?顺便启奏陛下,适才向范阳派去使者,奏说禄山绝无二心的辅璆琳接受了禄山的贿赂,先时被发现了。"

听罢这话,玄宗脸色却变了。

"什么?你说辅璆琳接受了禄山的贿赂?"接着玄宗又说,"杂胡小子……这个杂胡小子!"

这样反复说了几遍之后玄宗道:

"派冯神威去当使者。令马匹禁止移动,另外带上手诏告诉禄山——朕重新为卿做一汤,十月,在华清宫待卿!"

使者神威奉命出使范阳,他回到长安来是九月初。神威详细地上奏会见禄山时的情形说:

"臣费去二十余日到达范阳。禄山坐在床上,仍然未动。

他头也没低地说:'圣上安泰否?马匹不献亦可。十月炎热,我不去京师。'然后把我拖至馆舍,晾在一边,再也没有会到禄山便被送还。"

根据这位神威的上奏,谁都开始清楚地明白了安禄山如今已对着唐朝磨刀霍霍了。到了这种地步,贵妃也不得不承认安禄山的反意了,然而她不是把愤怒向着安禄山,而是只顾集中到杨国忠身上。而且不管安禄山怎么显露反意,她仍然不相信他会把矛头对准唐朝。心想他不过是宣言脱离唐朝的统治而已。玄宗也是这种想法。而且这不仅是玄宗个人的想法,也是以高力士、杨国忠为首的全体朝臣的想法。即使预想到边境会有变故,也不会想到首都长安为此会受到什么影响。反正问题是发生在几千里以外的边境上。

八月,下诏免去百姓这一年的租庸。十月,如同往年一样,玄宗行幸华清宫。由哥舒翰制订了讨伐安禄山的作战计划,不断地在离宫召开有关会议。贵妃主张与其组编讨伐安禄山的军队,不如解开安禄山的误会,为他的反意翻案。贵妃这么一说,玄宗以及多数宰臣也觉得应该如此。只有杨国忠一人反对这种看法。

第七章

十一月九日,安禄山突然在范阳反叛了。安禄山作为边境一带的掌权者,阴蓄异志十年,时机成熟便举起了反旗。

"有密旨,令禄山将兵入朝讨杨国忠,诸君宜即从军。"

安禄山给自己统治下的整个军团以及同罗、奚、契丹、室韦①等异民族的所有部队下达了出动的命令。将出兵的理由,说成奉玄宗的密旨,把指向长安的理由说成是为了铲除杨国忠。知道这是为了打倒唐朝的、完完全全的叛乱行为的,只有禄山身边的几个武将。

安禄山发兵十五万,号称有二十万。使范阳节度副使贾循守范阳,平卢节度副使吕知诲守平卢,别将高秀岩守大同,其余军团全部趁着夜色从范阳出发,一路向南而去。

---

① 室韦:唐代,契丹当中的居住于北方、蒙古的东境、黑龙江省北境一带的种族。——原注

次日未明,禄山布令军中:

"有异议煽动军人者,斩及三族!"

"禄山乘铁舆,步骑精锐,烟尘千里,鼓噪震地。时海内久承平,百姓累世不识兵革,猝闻范阳兵起,远近震骇。"这是《资治通鉴》的记述。白居易在《长恨歌》中所写:

渔阳鼙鼓动地来

即指此时之事。

安禄山的叛乱传到华清宫的玄宗这里时,已是十一月十五日了。第一个报来的是太原的北京副留守,他报称安禄山的大军已通过太原,接着便是东受降城的守将,也送来了禄山造反的战报。

玄宗在接到第一次报告时还不相信,当第二次东受降城的使者到达时,才知道了事态非比寻常。这时距安禄山举兵以来已经过了六天了。

从这天傍晚起召开了宰臣会议。玄宗自不必说,以杨国忠、高力士为首的重臣们,都以非同一般的表情,相继跑到了王宫的大厅。贵妃也出席了会议。也许是爬了一段相当陡的长长的回廊的缘故吧,来到这里的朝臣们,就像商量好了似的喘着粗气,就好像听说了国家大事特地跑来似的,连一句礼节性的话也没说,就去坐在大厅里摆设的席位上。

玄宗即刻提出事态如何处理,同大家商量。谁都没有立刻发言。贵妃眼睛盯着在座的朝臣们。个个都现出呆然不知所措的神情。

高力士的脸上只能看见鼻子和眼睛了。高鼻大眼历来把这个老宦官的脸点缀得很特殊,而如今只剩下这两件,其余都成了褶皱了。高力士已经明明白白地上了安禄山的当。在安禄山显露出反意之前自不必说,就是显露出来,他还对人家说,自己是不相信安禄山会那么快闹事的。而且这些年以来,高力士以为在玄宗皇帝在世期间,他不会对唐朝采取敌对行动的。可是安禄山不顾这些,竟举了兵。

玄宗此时的面色毋宁说是更有生气了。但事实也未必如此,许是众人因为兴奋而觉得老掌权者的表情像是那样的。召开宰臣会议,听取诸臣的意见,已经有多年没有这类事了。玄宗托安禄山之福,才坐回到很久没有坐的椅子上。他连做梦都没有想到自己受到了在世界上自己比谁都更相信、比谁都更爱、比谁都给了更多的东西的这个胡族出身的大汉的报复。玄宗在十几年的漫长岁月中,一直在受着没有比这更大的欺骗，直到今天才明白过来。在贵妃的眼里，玄宗的脸色显得有点生机，也只是最初的一点点时间的事，不一会儿，那变成了人世上最奇妙的失了神的面庞。那张脸说不上是怒是悲。因为玄宗除了失神以外，别无他法。

杨国忠在玄宗的身旁，频频地曲着手指头，惴惴不安地用冷酷的眼光四下张望。一眼就可看出他焦躁不安。这个年轻的宰相是最早看破安禄山有反意的，这是事实，然而他却没想到以这种形式出现在自己面前。他一次也没有想过安禄山会率大军，向京城进犯。这怎么能行呢？但是，不管谁怎样想，渔阳鼙鼓正在动地而来，这却是事实。

突然，贵妃笑出声来。她无意之中被一种无能为力的冲动袭击了。看错了安禄山这个人物，贵妃也不例外，但她的笑声却并非为此，而是冲上来的。因为应该是保卫自己的城墙，突然变成无数向自己袭来的刀刃。她虽然感到在座的人一瞬间全都把眼睛转向了自己，但是，却止不住笑声。她觉得自己在笑，一边这么想着就笑了起来。就像很早以前在这同一个骊山的半山腰的王宫里，幽王的妃子褒姒发出的那笑声一样。这是自玄宗召来，贵妃第一次从自己的心底涌出来的笑声。

当贵妃猛然止住笑声时，就像指责贵妃不该笑似的，杨国忠板起面孔，以俨然的态度开口说道：

"臣早已奏知陛下会有此事,而且不止一两次了。"

让杨国忠这样一说,玄宗无言以对,因为诚然如此。

"但是,如今反叛的只有安禄山一人。我以为恐怕其他兵将不希望同唐朝兵戈相见。大约不出旬日,捷报就会送到华清宫的行宫这儿来的吧。"杨国忠说。

以此为信号,突然在座的人都开了口。就如所有的朝臣每人不说一句不行似的,个个都说上那么短短的一句半句。当其中的一个人说到招致这一事态的责任在于已故的李宰相时,就像想起来忘记了的一件大事那样,满座为之骚然。这是想重新把憎恨的鞭子抽在已故的李林甫的身上。确实,李林甫应负京城无迎击安禄山大军之兵的责任。为了巩固自己的地位,不把边境防卫的全部权限交给汉将,而是交给异民族的办法,才成为今日重大事件的远因,这一点是没有错的。

玄宗第一个离席,然后是贵妃,接着是杨国忠和高力士离席。剩下来的宰臣们,又恢复到原来那悄悄的表情,长时间地默无一语。因为没有了话题。宰臣们只知道还要聚集在城内。

这一天立即讨论了对东京、河东二要地的防卫措施,指定了派往该地的将军。然而问题是跟随将军的兵。至少需要数万名兵丁,却毫无兵备。只有招募民家的男丁,以此充数,别无他法。

次日,安西节度使封常清入朝,直接来到华清宫。宰臣们把希望寄托在常清的身上。他是有着粗野风貌的魁梧武将。他那粗野之处也好,魁梧身材也好,看上去让人可以无比信赖。常清谒见玄宗时,大声地上奏。过去在宫中谁也没看见过这么大声说话的人。

"如今是连年的太平时代,所以人们都厌恶兵乱。事有顺序,势有奇变。"常清吼叫般地说。

他所说的让人听了似懂非懂,非常奇妙。

"令臣走马到东京。开府库,募勇者,渡河,不一日,可取杂胡之首,挟入腋下归京,如想看,即掷于陛下眼前。"

其上奏简直无与伦比。即日任命常清为范阳、平卢节度使。

这天晚上,常清径直离开华清宫奔向东京。此刻起,华清宫内部开始骚动起来。不间断地召开会议,不分昼夜,向四面八方派出使者。

叛乱军的动静也是每天必报。每当使者来时,众人便为那报告的真伪吵嚷不休。实情却是安禄山南下的速度出乎想象之快。

夸下海口得以当上范阳、平卢节度使的常清,照他说的那样,一到东京立即招募兵勇,不上旬日即得六万人,断河阳桥,以固守备。这情报使得华清宫内部忽然之间射进了阳光。谁都觉得要不了多久,安禄山之首级将被常清亲手砍下送进京来。

十一月二十一日,玄宗慌忙离开骊山的华清宫,回到王宫。这时已是传来安禄山反叛的消息的第六天了。即日,与安禄山有瓜葛而住在京城者,尽数斩首或者赐死。安禄山之子安庆宗也被斩首。为了应付国家的非常事态,发表了地方官员的异动,在各个险要地方设置了防御使。又过了两三天,下达了有关东征军的诏书,以玄宗的五儿荣王琬任元帅,将军高仙芝为副,统率诸军进行东征。与下诏的同时,募集了十一万兵,给这个新诞生的兵团命名为天武军。兵不上十日就聚齐了,一个不少,都是京城长安的市井子弟。

十二月初高仙芝率兵五万从长安出发,是为了屯兵于长安和东京之间的陕州。被任命为元帅的荣王琬,元帅只不过是名目上的而已,仍留在长安,兵马之权全权委托于高仙芝了。高仙芝为高丽出身,是在异域的战斗中建立了武勋的武将。在越过天山的石国远征中,虽身背过打败仗的污名,但其他一些武勋,给了高仙芝一些大将军之风。

在与高仙芝从长安出发的大约同一时间，安禄山之军早已渡过黄河，由河南蜂拥而来。这速度几乎令人不敢相信。其所经过的城市尽皆陷落。挥刃者斩，十二月八日已经逼近东京。

在骊山的华清宫里，发出豪言壮语的将军封常清，在东京的郊外迎击安禄山军。这是大兵团会战的第一次战斗。但是，与安禄山军在边境上惯于实战相反，封常清所率之兵是一点也没有经过训练的、完全的乌合之众。胜败立刻见了分晓。安禄山军于十二月十三日入东京城。守卫东京的李憕、卢奕、蒋清等尽数战死。安禄山自从扯起反旗，到入东京城，只用去了三十天的时间。

收集败兵，从东京逃走的封常清退到陕州，在那里与高仙芝军汇合。封常清、高仙芝弃陕州，引兵至潼关。在陕州难以防御安禄山军，而在被视为天下险要的潼关，他们想是能够阻止叛军的前进的。

东京落入敌手之事，使长安上下震动。谁也没有想到安禄山军的南下如此神速，而且也想象不到这么简单东京就陷落了。

封常清顶不住安禄山军，丢弃东京退到陕州的战报送达京师时，玄宗气得浑身颤抖。轻而易举地斩下安禄山的首级，捧着它凯旋,把它丢在自己面前——这位封常清的话犹在耳边。玄宗曾那么信赖他,对其寄予极大期望,此时便更觉不能容忍封常清如此丢人的败退相。

玄宗在朝臣会议的席上说:

"令封常清夺还东京。命其即刻出陕西,向东京进发。"

封常清非但没向东京进发,就在使者要走未走之际,更接到了他退往潼关的战报。而且不仅是封常清,连统率五万东征军的高仙芝也不战而弃陕州,退而据守潼关。

这时玄宗更加怒不可遏了。不管周围的人怎么说,他都不听。玄宗觉得这两员武将除了卑怯以外,还能是什么呢!

"让这两个人死。在阵中斩首!"玄宗道。

以杨国忠为首的在场的朝臣们,都众口一词地说在现今情况下,哪怕是一兵一将也不能做非战斗牺牲。但是,玄宗不答应。贵妃对这类事一句嘴也不插,然而心中是站在玄宗一边的。玄宗又恢复了多年来没有的掌权者的威严。

十二月二十日,封常清、高仙芝二将在潼关伏诛,代之以河西、陇右节度使哥舒翰守卫潼关。哥舒翰是这年年初入朝的,在入朝途中因得了病不能返回任所,就那样留在了长安,在这里接受了这次任命。

哥舒翰在受命赴潼关之前,前来谒见玄宗说:

"这次的命令,对哥舒翰来说,是尽忠的最后机会了。蒙多年的恩宠,在此分别之际,衷心地向陛下深致谢意。"

他所说的话,倒不觉得特别奇怪,但因病舌头僵直,这话出自哥舒翰之口,不知为什么有一种阴森之气。与其说是出阵的礼节,听起来不如说是像乞假一般。贵妃与哥舒翰已经有两三年没见面了,这位当年勇名轰动边境的武将,看上去完全成了另外一个无气力的老人了。如今对于唐朝来说,潼关是最后的一道防线。如果潼关一破,便再无防守之地了。她觉得让这样一个无气力而且是半病的老人,身负这样事关重大的防守潼关的大任,合适吗?

"臣多年来与安禄山不和,互相都觊觎着对方的脑袋。臣每当遇见安禄山时,都想要他的头,安禄山也想要臣的头。这种关系,这回作为敌人要在战场上相见,要公然互相取对方的首级了。或者是臣之头离开躯体,滚落在安禄山的床几之旁……"

说到这里,哥舒翰咳嗽起来,嗽个不止,礼节也只得半路上中止下来。满座人都觉得哥舒翰的言辞颇不吉利。眼前只留下了哥舒翰的头滚落在安禄山的床几旁的印象。

次日,哥舒翰率领留在京城的八万天武军向前进发了。高仙芝麾下的五万士兵、封常清率领的兵团,全都归入哥舒翰的统率之下。此外潼关还挤满了从各地战线逃来的众多的残兵败将。加上这些兵,据守在潼关的唐军总数有二十万六千,是汉兵、胡兵的混合兵团。

哥舒翰进发之后,首都长安一下子冷清起来,充满了安禄山的大军就要拥来的不安,然而在这种不安中,还有着某种期待。既然哥舒翰的大军终于向前进发,谁的心里都觉得靠哥舒翰的力量,也许会给国家开辟一条新路。

以杨国忠为首的百官朝臣只要一见面,开口说的就是哥舒翰的名字。从早到晚总是叨咕着哥舒翰、哥舒翰。在这些人当中,只有玄宗皇帝一个人,心情多少与众不同。并非玄宗不信任哥舒翰,然而在统率大军的身材肥大的安禄山面前,放上这么一个正在闹病的年老武将,总是觉得哥舒翰无由取胜似的。其次,自从安禄山举起叛旗以来,玄宗自己也几乎明白,在自己心中起了某种变化。就像长时间昏昏沉睡着的狮子突然遭到敌人攻击而起来时那样,对一切事物都感到新鲜,看着一切都新鲜。杨贵妃也清楚地知道了玄宗的这样一些变化。每天晚上,在自己的双臂中无精打采地睡着的老猫,一下子变成了一只年轻的虎。有一天晚上,这只老虎道:

"让太子亨执掌国政,我想自己率兵御驾亲征。你看怎样?"

这对杨贵妃来说,是无法立刻回答上来的问题。

"在这种时候,与其把军事委托给哥舒翰,不如亲临前线督率军队。"

贵妃凝视着玄宗的面庞。她觉得如今在自己面前的,确实是一个有生命的人。他想用自己的手,来诛讨向自己开刀的人。为了用自己的力量打开国家的危局,他想亲赴国难。

贵妃感到内心充满了静静的感动。开元二十八年(公元七四〇年)十月以来的这十五年的时间里,自己作为一个女人以各种途径接触了玄宗,可是从来没有以现在这样的心情看过玄宗。一直以来在自己面前的总是一个绝对的掌权者的形象。这几年来,虽然有时没有气力,有时从眼神中看出老态,但他看上去仍然好像是什么事都能干的一个人。但是,如今却不同了。如今出现了想把玄宗从极大的权力宝座上拉下来的人。权力的宝座发生了极大的动摇。不管玄宗怎么盼望,总是无能为力,这种感觉如今充满了玄宗的周围。

"这个杂胡小子!"

玄宗每天多次挂在嘴边的话,这天晚上又从嘴里说了出来。

"我想用我的剑,把杂胡小子的脑袋砍掉。这不是哥舒翰的工作,而是我的工作。"

玄宗说出的这种话，贵妃听到也颇受感动。贵妃想起在什么时候，曾看到过安禄山跳胡族的舞蹈。安禄山那连步行都困难的巨大身躯，在那时候就像一个陀螺那样，以几乎令人难以相信的速度旋转起来了。用一把利剑来突刺这个旋转的巨大陀螺，确实只能是玄宗的工作。安禄山渐渐地把旋转的速度放慢了，一会儿的工夫就吧嗒一下摔倒了。在摔倒了的安禄山的胸前垂下来的肉壁上，扎着一把利剑。从安禄山的躯体上，血不断地像泉水那样喷涌出来。

"陛下御驾亲征，我也赞成。"贵妃说。

第二天，贵妃接受了很多人的访问。最先来的是高力士。高力士在安禄山叛乱后，把自己的存在看得很淡薄了。宦官所具有的弱点，到了国家危急存亡的时刻，好像已经暴露无遗了。高力士有个骠骑大将军的最高职务的头衔，可是对于带兵，连一点儿知识和本领也没有。他虽然列席了作战会议，然而却无发言的机会，即使是发了言，从脸上满是褶皱的老宦官的嘴里所冒出来的话，谁都不会买账。加之一般来说，他对叛乱、战斗之类粗野的事件，既感到棘手，又感到嫌恶。并不单是嫌恶，这也是与他在生理上不相容的。阴谋和策略倒是学到了。高力士每天仍伺候在玄宗身旁，可是已经完全失去了光彩，他的存在颇为淡薄了。

"听说陛下想以太子为政,自己御驾亲征。这,只有这一点,不管谁说什么,您也要制止才行。堂堂大唐帝国的皇帝,去出面参加同杂胡之间的斗争,这无论如何也是无法想象的。参加会战、征讨和杀伐,是下边人的事。会有箭矢飞来的,还能听到箭在空中的飞鸣声。竟然想站在那样嘈杂的地方,哎呀,陛下一定是让什么样的恶鬼给迷住了吧。哪怕是想一想——噢,可怕,可怕!"高力士的身子轻轻地颤抖,又说了一遍:

"可怕,可怕!"

战斗的恐怖,从心底里把这个老宦官给抓住了。

"不管怎么样,也要尽快地让这个世界镇静下来。人类住着的这个世界,不和平、不平静是不行的。即使打仗,也必须到远远的地方去打。怎么能在首都附近……"

"陛下的御驾亲征,我也劝他去过。"贵妃说。

"为什么您还劝他去呢?……啊,真的有这一天,大地就会裂开,黄河之水就会倒流啊。这样一来……"

高力士冲着天把两手高高举起,用非常吃惊的姿态,慌慌张张地出了贵妃的房间。他觉得在人世上已无去处,也许是打算到天上去的吧。

杨国忠来了。此人一身傲气。他一进屋子就说:

"贵妃,您不劝阻陛下的亲征,可就不好办了。"

"为什么?"贵妃道。

"太子监国谈何容易!如命他监国,一个自然之势,就是皇帝在最近的将来必须让出帝位——这就难办了,请您劝阻才好。"

杨国忠只说了这么几句,立刻就离开了房间。杨国忠到这里来,没有让贵妃劝阻玄宗御驾亲征的目的,准是斥责贵妃鼓动了玄宗亲征。一眼就可看出杨国忠生了气。恐怕是说,让这位老早以前就无疑对杨氏一族的专横感到不快的太子亨来监国,对杨氏一族来说不是好事。贵妃没有考虑到这一点,反而赞成玄宗的亲征,杨国忠是为了严厉斥责贵妃的这一做法才来的。

但是,贵妃有贵妃的想法,她是为了故意气一气杨国忠。她觉得现在,国家之所以招来了这样的事态,可以说杨国忠负有直接责任。正因为杨国忠刺激了安禄山,把他逼到了非举起叛旗不可的境地。贵妃心里暗自打好的小算盘,统统让杨国忠从根底上给推翻了。

傍晚以后,贵妃的两个姐姐来了。三个姐姐中,秦国夫人一年前就故去了。虢国夫人弓着她那小巧的身体说道:

"贵妃,因为有个毕生愿望,才来拜谒您。"

"什么事?"贵妃说。

"若是太子即帝位,我们当天就会被杀的。除贵妃以外,杨家的人都会丧生。因为我们尽是欺侮他,这回要遭到他的报复。遭到报复也是无可奈何的事,可是好容易托贵妃之福,才过上了如此快乐、如此奢华、如此为所欲为的生活,我还想再少少过上几年。我们托贵妃之福,现在才做着这样的美梦。是一场梦,真是一场梦。出生在身份低贱的人家,托贵妃之福,才这样身穿绮罗,才这样出入宫殿,才这样要啥有啥地活在世上。这不是梦又是什么!我们多亏了意想不到的运气,才什么事都不干,在做着好梦。好容易做的这场好梦,我们还想再做一做。"虢国夫人说。

这位夫人总是毫无矫饰,有啥说啥,娇声嫩气地说话,这是她的武器。让虢国夫人这么一撒娇,谁都会无抵抗地挂在她的情网上。下边的人心狠,上边的人却很亲切。曾为玄宗所宠,以致发生了贵妃生气的事件。说谎,淫乱,各种各样的恶德隐匿在她那美貌之中。而且她十分聪明,杨国忠与她之间有种种传闻。

贵妃默不作声。她觉得现在她什么都知道了,自己被这个漂亮小巧的姐姐给充分利用了。过了一会儿,贵妃才开口道:

"如果说是做梦的话,梦也总有个醒的时候吧。"贵妃不怀好意地说。

这时虢国夫人眼睛闪着光辉说道：

"是的,梦总有个终结。可是在它自然地到来之前,还是想做下去的。"

"你说的自然终结,指的是什么时候？"

"贼兵进城之时。"

谁都绝不会说的事,虢国夫人却冲口而出。但是,任何人心里都明白,这一天并不是不会来的。

"这一天不到来那是大幸,若是到来,我想杨家一门的梦那时就该醒了。除这种时候以外,是绝不想醒的。我可不愿意当内讧的牺牲。如果说非得送命,我倒是想取为国捐躯的形式。"虢国夫人当真地接着又恢复了原来的表情说,"我想举办一个更盛大的酒宴。反正是做梦,一切都是梦中之事,那就玩得更痛快一些吧……"

话说到这里,便戛然而止。虢国夫人脸上的泪水,就像断了线的珍珠,流淌不止。像流点眼泪这种演技,对于虢国夫人来说无疑地不算个什么事,可是在这种情况下,贵妃却觉得虢国夫人的眼泪未必就是演戏。如同她自己说的那样,是意外的运气,把她载上了玉台的,她准是有着常人所不能理解的悲哀。贵妃很了解这一点。

到了天宝十五载(公元七五六年),春正月,安禄山自封为大燕皇帝,宣布改年号为圣武。接着任命向自己投降的达奚珣为侍中①,张通儒为中书令②,高尚、严庄等为中书侍令。

这个消息立即传到了长安京城。得报后,玄宗皇帝大怒。长年信任和施以恩宠的杂胡竟然自称皇帝,连国名、年号都给更改了,还公布于天下。在此以前,对反抗自己起兵的安禄山也感到无比愤怒,可是说到底,也不过是对叛军主将的愤怒,而如今却完全不同了。安禄山不是叛军的指挥,而是以皇帝之名要取代自己的对手了。贵妃的愤怒也是一样的。说要当自己的干儿子,厚颜无耻的安禄山的看不出是聪明还是愚蠢的脸面,忽然之间变成了世界上最恶劣的东西了。

唐朝所有的廷臣们如今对暴露了本来面目的安禄山,都感到无比愤怒,只有宦官高力士稍稍不同。在接到安禄山自称大燕皇帝的上报那天,高力士来到了贵妃的馆舍,说道:

"妃君,您听说了吗?杂胡小子终于当上皇帝了。皇帝不是由谁命令才当上的。必须有足够立国的领土,有守卫这块领土的足够的军队,而且必须有能够统治这块土地和人民的本事才行。杂胡小子,他终于有了这种条件。"

---

① 侍中:门下省的长官。——原注
② 中书令:中书省的长官。——原注

这位老宦官看上去比平常更沉着,更有生气。

"过去陛下为了镇压叛军,自己派出军队,与之战斗,遗憾的是,没能镇压得住。但是,从此以后,事情就完全变了。变成了国与国之争。若是被击败,唐国就会消失,这个广大的唐国,就会寸土不剩地变成大燕国的国土。"

说得多么残酷。不知高力士到底是一种什么样的心情,好像唠叨这些很有兴趣似的,对贵妃深入浅出地讲解。

"让那样的大逆不道横行行吗?天理也会不容的吧。"

听到贵妃如此说,高力士放低声音道:

"妃君,请您听着。我们大唐,不也是这么建立的吗?所谓国这种东西,什么时候都是这么建立起来的。"

"照你这么说,我们这个国将会怎样呢?"

"我国若是强盛,大燕必亡,我国将存续下去。我国若是软弱,国家必亡,必将由大燕国来代替。但是,我国是强是弱,谁也不知道。单有强兵不能说就是强国。国家的强弱,取决于民心的向背。这是陛下也好,妃君也好,我老头子也好,都难以理解的事情。陛下说起来,是奉天帝之命当了唐朝皇帝,是天帝把这块国土交给他的。然后他代替天帝向天下施政。所施的政治正确与否,如今到了判断它的时候了。用不着多说,陛下也是人类的一分子,发布错误的政令也是有的,重用坏人的事也是有的,忘记国家大事耽于女色之事也是有的。但是,这些事都没有什么了不起,算不上什么。高力士这样的人,过去也蒙宠爱,果真合乎天帝的心意吗?不管怎么说,这也还不是大不了的事。如同黄河之水把一切东西都收入自己的怀抱向东流去那样,政治也是如此。重要的是,是不是在用极大的力量流动的问题。陛下所施政治的好与不好,在平时是弄不清的——过去是不明不白地过来了。但是,弄清楚这个问题的时候正在到来。如果说陛下的政治是正确的,杂胡小子的国就会灭亡。若是相反,陛下也好,妃君也好,必须要有所准备。"高力士说。

贵妃如果再沉默下去,他会无限制地说个没完。

"但不知是怎么个准备法呢?"贵妃说。

"请您等等。"高力士打断她的话,接下去说,"若是陛下的政治是正确的,民众就会帮助陛下。忠臣必定到处崛起,往赴国难。倘若陛下的政治不正确,哪怕一个人,都不会殉节的。总之,这个时刻到来了。"

把要说的都说过之后,突然像是泄了气似的,现出一副失了神的表情。在非男非女的这样一个老宦官的话语里,有一种面临国家大事,把国土和掌权者都可撇开的觉悟。面临着毫无使用阴谋和策略的余地的事态,高力士除了讲真心话以外,已经别无办法了。

过了年,前线暂时不见动静。承担一国命运据守在潼关的哥舒翰,也一直按兵未动。安禄山也只是把行营放在东京,没有从那里再向前进军。

一月底,有情报说安禄山病了。据说他的腿肿了,动弹不得,视力也大大减退了。这消息非常准确。敌方的指挥官病了,对自己一方来说,这是反击的绝好机会。在长安每天都开会,会议一完,立刻便派几个使者去潼关。这些使者是命哥舒翰进击的。但是,哥舒翰却一次回使也没有派。一调查才知道哥舒翰也病了。据说他得的是半身不遂,耳朵完全失去了听觉。

进入二月,不断地传来好消息。为了讨伐安禄山,各地武将纷纷起兵,这类上报每天都送来朝廷。既有胜利的消息,又有失败的报告。用高力士的说法,就是守节赴国难之士,已在全国各地到处可见。

制造了这样的好局面的是恒山郡的太守颜杲卿。当安禄山举兵开始南下时,河北诸城不战而降敌,然而只有颜杲卿单独对敌,没有把城池丢给敌手。接着破贼将何十年,收复了赵、广平、清河、景城等附近的十四城。

这一捷报是改年不久传来唐朝的。可是与这个捷报到达长安的同时,颜杲卿被敌人大军包围,终于被俘,被带至安禄山的面前处死了。这一噩耗是二月中旬到达长安的。

接着这个噩耗,二月到三月之间来了几个捷报。东平郡的太守吴文祗,与禄山的大将谢元同在陈留交战时大破之。还有李光弼、郭子仪于井陉迎战史思明获得大捷。颜真卿进兵魏郡。张巡与禄山之将令狐潮战于雍丘,将其逐走。

在潼关的哥舒翰依然按兵未动。一月末禄山的嫡子安庆绪来攻潼关是唯一的一次战斗,以后两军都保持着平静。

这年的春天,慌慌忙忙地来到了人间。进入四月,来的好消息是北海军太守贺兰进明率兵,把平原置于自己的统治之下。有一段时间以为安禄山的兵就要进长安似的,长安的市民从京城到地方上去避难,但是当春光照临京城的街街巷巷时,市民们又都返回到城里来了。安禄山已经建立了国家,在东京扎了根,好像是不会再来进攻长安似的,说得活灵活现。其中甚至传说玄宗与安禄山之间已达成和议,彼此都不动兵。

进入四月,朝廷每天都开会。地方上到处起了义军,在抗击安禄山军,可是关键的潼关主力却按兵不动,其结果对地方上的义军好像见死不救似的。既有主张尽早地打出潼关去的,也有反对这种意见的稳健派。

稳健派认为安禄山不能长期把大军驻在东京,无疑地要不了多久就会回到北方去的。即使自己这一方按兵不动,胜利也自然而然会是自己的。

玄宗皇帝主张攻击,杨国忠支持稳健派。会议是成天地开,可是什么也决定不下来。从地方上一来败仗消息,主战派就兴奋起来,派往潼关去传命攻击的使者就出发了。但是,这个使者还在将到未到潼关之际,就传来了安禄山的部队移动的消息,这时稳健派便来了劲儿,又派取消攻击命令的使者去潼关了。

高力士在会议席上一言未发。因为知道即使发言也没人会听,所以高力士闭口不谈。有时,玄宗在会议席上征求高力士的意见。这时已经到了四月末。

"关于战斗方面的事,我一无所知。两军的主力若是会战,力量强的一方能够取胜,可是究竟哪边力量强,我却不知道。也许会胜,也许会败。仗这种东西,决定必胜时,才能打……"高力士以郑重的口气说。

稳健派的朝臣们,心想高力士会站在自己一边的,可是从他口中说出的下半截话,听起来却不一样了。

"如今由我们这边开战端,我以为恐怕是个下下之策,可还是有给哥舒翰下攻击命令的必要吧。也许会败,也许会胜。

把国家的安危赌在这上面,我觉得是愚蠢的,可是时至今日也是无可奈何的了。"

这回谁也不再说话了。主战派的人们虽然知道了这是支持自己的发言,但是对他的讲法,却有不甚了然之处。

高力士又继续说道:

"安禄山的大军,不久将要移动至易得粮食的地方去的吧。到了这一步,就迟了。在安禄山开始移动之前,必须先开战端。当安禄山的大军威胁首都长安时,如果大唐不出动军队把它赶走,皇帝就会留下耻辱于后世。国家也许能够一时得免于难,有心之民却会离开皇帝。臣以为在安禄山返回边境之前,哪怕是赌上国家的存亡,也要背水一战。"

一座都鸦雀无声。从这个年迈的宦官口中说出的话,很难立刻反驳。话虽如此,也不是可以简单地予以赞成的。从结论来看,这很不像高力士的意见。他在玄宗面前申诉过反对亲征的意见,可是这次却来了个一百八十度的大转弯。高力士被不得不举国都紧张的时代给弄得疲劳了,厌倦了。

进入五月以后,唐朝廷也是每天都泡在作战会议里。主张必须尽早地出动潼关的主力,去攻击东京的主战派也好,相反,主张安禄山因粮食问题必然要移动军队,等到那时再行动的稳健派也好，每天都就同样的问题争论不休，互不相让。不管有无胜利把握，鉴于唐朝的面子也必须进军，高力士的这个主张，结果落得个没有人注意。

五月底有人上奏：

"朝廷的精锐二十万六千尽在哥舒翰之手。倘若哥舒翰举起叛旗西指，唐朝的命运将会怎样？"

这是任谁做梦都没想到的事，然而却足有使在座所有的人都闻虎色变的力量。拥有大军，据守潼关未动的哥舒翰的态度，足以使人揣测。一想到哥舒翰和安禄山一样都是胡族出身的武将，就使人感到既没有根据说他肯定不会造反，也没有根据说他与安禄山没有相通之处。

一旦进出这样的念头，已经不分什么主战论和稳健论了。这是连自己这方也不相信的一种情绪。在杨国忠的力主之下，以防万一，集中了监牧、五坊、禁苑的兵卒三千，作为士兵加以训练，命李福德为将。还从市井子弟中招募一万人当兵，使之屯驻灞上，命杜乾运统率之。二者与其说是防备安禄山之军，都不如说是防备哥舒翰之军的。

长安的这种疑心生暗鬼的措施，好像不久就被潼关的哥舒翰知道了。从哥舒翰处来了希望把灞上之军置于潼关的指挥之下的上奏。为了解决这个问题，朝廷径直派杜乾运赴潼关,结果被哥舒翰斩首。

这一事件,使朝廷的重臣们大为震惊。使者接连派往潼关,都是向哥舒翰传达进兵命令的。对此,哥舒翰派使者送来了奏章:

"禄山久习用兵,今为逆,岂敢不备。若往必定落入谋中。贼远来,利在速斗。官军据险以扼之,利在坚守。今贼残虐失众,兵势日堕,将有内乱。因乘此,可不战而得胜利。要在成功,何必求速。加之,诸道征兵尚未多集。请稍待。"

事情也许是如同哥舒翰所奏的那样,也许他在为自己另有所图辩解,要接受也没有不能接受之处。在朝廷,就哥舒翰的真意何在,做过多次计议。计议的结果,最后决定派携带进军命令圣旨的使者去潼关。这次的使者不是奉杨国忠之命,因为带上了圣旨,对于哥舒翰来说,除了服从该项命令之外,别无他法。

哥舒翰率领的二十万六千兵出了潼关。这是六月十日的事。接着在灵宝县的西原,与禄山麾下的崔乾祐两军相遇。对于两个阵营来说,这是第一次大兵团会战,也是一决彼此兴废的决战。

哥舒翰的军队大败,全军崩溃的战报,开战后没有多久就报进京来。但是,朝廷内,谁都不相信战败报告。竟然败得这样惨,这是没有想到的。二十余万大军在会战的第一天就溃败了,对这件事,玄宗皇帝也好,杨国忠也好,都没能信以为真。

玄宗皇帝不接见来报败仗的使者,十一日拂晓,派李福德统率监牧之兵开赴潼关。李福德的部队走后的长安京城,荡漾着异样的安静。这一天,日色昏黄以后,也看不到相距二十余里的镇戍的寨上所点的平安火。所谓平安火,是在每天入夜,各屯所所举之火,有报告管辖地区没有反常状况的作用。这样的屯所,从远处往京城方向每隔二十余里就配置一个。所谓看不见这种平安火,简直就意味着屯所的守卫已经崩溃,连点烽火的人都没有了。这时,朝廷第一次知道事态的非同一般。如果说潼关之守崩溃,在从潼关至长安之间,连防止敌人大军侵入的守备和地点都没有了。

杨国忠不失时机地集百官于朝堂,告诉他们战败的消息是可信的,与大家商量如何收拾国家的危急。没有谁答话。

"臣奏明陛下安禄山有反状已有十年,陛下对此不信。今日之事,非宰相之过。"

杨国忠说到这里,愤然地即刻停止了朝议。他知道了朝议不解决任何问题。伺候于座席上的朝臣们也立刻从席位上站了起来。事已至此,他们也有不得不为自己谋算的很多事情。

这段时间以来,京城长安的九街十二衢的嘈杂响声已经波及了王宫。街上并没有人放火,可是恰似起了火的夜晚那样,夜空照得通红,风停了,异常闷热。在街上所有的民众不分男女,把这天晚上都当成了末日似的,在街各处空自骚动、逃跑。

杨贵妃在馆舍,把因惧怕而躁动的侍女们安定下来。高力士自从朝议闭会之后,一直在王宫和贵妃的馆舍之间来来去去。多次到贵妃馆舍的高力士,告诉贵妃说,玄宗皇帝在杨国忠和韩国夫人、虢国夫人的劝说之下,决定到杨氏一族的故乡蜀地去。蜀地是杨氏一门的故乡,这是没有错的,然而对贵妃来说,还是块未知之地。无疑地出生在那里,可是自从记事以来,养育成长的却不是那个地方。所以即使听说决定到蜀地去,也并没有那么安心的感觉。

次日的十二日,入朝的官员只有十之一二。玄宗迁到了勤政楼,下达了率兵亲征的诏书。杨贵妃听到这事时,也在一时之间信以为真,过了一会儿,从高力士的口中得知,这不过是单纯的口实,实际上朝廷已决定移往蜀地。玄宗皇帝的亲征诏书,是为了防止民众混乱的万不得已的措施。但是听到的人,都不相信,他们觉得连个像样的兵团都没有,亲征的事不过是无稽之谈。

在混乱当中,发了公报。京兆尹魏方进当了御史大夫兼置顿使,京兆的小尹崔光远当上了京兆尹,充任西京留守。还令将军边令诚执掌宫城的警备。这天,玄宗皇帝从兴庆宫移往大明宫,在这里处理政务。

慌乱的一天过去,夜幕降临。玄宗皇帝从长安的逃跑,在杨国忠的指挥之下做了秘密的准备。龙武将军陈玄礼依命悄悄整备兵马,共拉出了九百余匹马,并未引起别人的注意。

六月十三日天色未明,杨贵妃听到高力士来访的报告,她从床上下来。高力士在房间的入口处,一看见贵妃就问:

"您睡得好吗?"

"睡得很好。"贵妃答道。

实际上这两三天来她并没有睡好。一入睡就做梦,被梦中的悲哀事情惊醒。醒来之后,立刻就把梦中的事忘记了,可是梦中的悲哀却始终残存着。

"陪着您到蜀地去的时候到来了。离出发大约还有一刻的时间。请您吃点东西,做好准备。"高力士说。

"陛下去蜀行幸,想必是很不高兴。一想到他的心,我就心痛欲裂。"

贵妃只顾哀怜丢弃京城到遥远的地方逃难去的老掌权

者。虢国夫人说一切都是梦,大家已经做了很长时间的梦了,如今想来,自己自从被召来现在的华清宫——当时的温泉宫的开元二十八年十月以来的事,只能说一切都是梦。第一次谒见玄宗的时候是二十二岁,现在已是三十八岁了,这是长达十六年之久的长梦。

跟随玄宗去蜀的有宰相杨国忠、韦见素、魏方进,加上亲王、妃、公主、皇孙等人,此外还有龙武将军陈玄礼率领近卫兵充当护卫,一行成了超过三千人的大部队。杨家一门的人同路这自不必说,虢国夫人和杨国忠的家室裴柔二人,已经作为先遣队,昨天晚上就出了京城。这是虢国夫人滴水不漏的巧妙的钻营结果。

"事到如今,不知杨宰相作何感想?"贵妃道。

把国家弄到今天这样的悲惨地步,其直接的责任就在杨国忠,这是众目所见的。

"杨宰相如今一点儿别的心思都没有了。只秘密地安排去蜀行幸一项就够他受的了,何况陛下不在时京城的守备、同各地方节度使的联络和下达指令,其他百般的政务,一切的一切都由他一个人独力承担。没有一个人给他当帮手。这一点是相当值得佩服的。如果是别人,还做不到这一步。黎明时分陛下的轿子即出西门,但是在此之前,果真能把政务安排就绪吗?"高力士说。

如今只剩下一个人,在为京城陷落后做出安排的杨国忠,能不能赶在出走时间之前安排完毕,高力士在冷眼旁观。

忙碌的不只是杨国忠一个人。从贵妃的口中突然说出京城将陷的消息时,贵妃馆舍中的侍女、宦官们,忘记了日常的谨慎,时而哭泣,时而叫唤,时而打转转,都为出走做准备弄得混乱之极。

往蜀去的人都集合在延愁门前广场上时,还笼罩在深深的夜色之中。皇族中的住在王宫以外的人,都得把它丢下就走。玄宗骑马,贵妃坐轿。不一会儿,穿着五光十色服装的一群人,出了禁苑西门的延愁门。坐轿的、骑马的、徒步的人们当中,既有侍女,也有宦官,又有武装的士兵。自从一行逃出王城的时候起,下起了小雨。

逃离了京城的玄宗皇帝一行,来到渭水河岸,已是东方渐渐开始发白的时候。当然,京城新的一天的嘈杂还没有开始。除关闭在王宫内的宫里人以外,都还不知道玄宗皇帝已经弃了京城。

一行人渡过了渭水的临时板桥,来到对岸的咸阳。渡过渭水时,杨国忠企图命令部下烧毁板桥,玄宗却说,也许还有追随自己从京城逃出来的人,阻止烧桥,让高力士在那里等到午刻,然后烧桥再来汇合。

玄宗让宦官王洛卿先走,命他告谕郡县的官员不要离开自己的职守。但是王洛卿一去不返,和县令一起不知逃到哪里去了。

到达咸阳的望圣驿的时候,太阳已经老高了。在那里征集官民,无一应者。应该是由大膳寮供应食物的,可是还没到达。杨国忠不知从哪里买来了胡饼,把它献给了玄宗。过了一会儿,部落之民献来了糙米饭食,一行人争抢般地用手抓着吃完了。大膳寮的饭食随后才运来。

因为第一次饭食是这个样子,今后的粮食如何筹措便成了问题。玄宗在行进的途中,不断地派兵到附近的村落寻找粮食,可是几乎没有收集到预期的粮食。

正好在这时,京城发生了混乱。这一天还有入朝的人。他们来到宫门,看着像平常那样,三卫手持仪仗俨然地站在那里,但是一开门,忽然间宫人们乱糟糟地从里边往外跑,个个都是东一头西一头地乱窜,像发了狂似的,到处叫唤着"皇帝已经从王宫跑了",没有人知道是跑到哪里去了。王宫的这种骚乱,转眼之间就传遍了京城东西两街一百一十坊的大街小巷。以前那些日子街上的骚乱,是由想逃避兵乱的人们引起的,然而今天开始的这场骚乱,则完全是另一回事。小民们争相蜂拥挤入王宫当中,去夺取金银财宝。既有骑着驴子闯入宫殿的,也有袭击左藏大盈库的。王宫的一个角落起了火。不一会儿,散布在京城各处的王公府第也遭到了同样的命运。在长安街上未曾有过的混乱中,人们舍弃了家宅,想逃到郊外的山里去。在交叉路口上,各自随便瞎跑的人流互相冲撞,混杂,卷着旋涡。

这日的一整天,玄宗一行在不断下着的小雨中,沿着大平原一直往西走去。夹杂着妇女的这群人,走起路来很慢。在一望无边的布满萧萧野草的低低地扩展着的波浪当中,散布着点点的汉代陵墓,除此之外,再没有一点什么留在眼底。

一行人半夜抵达了金城。这地方离开京城以西只有三十来里地,从黎明走到深夜只走了这么远。县令以为是安禄山的军队来了,已经逃之夭夭,县民也是一个不剩地逃离了家门。在这里清点了一下随行人员,不见了内侍监袁思艺。可是谁都对此一言不发。

金城驿没有灯火,一片漆黑。在黑暗中,人们不分贵贱横躺竖卧地睡下了。拂晓,从潼关逃来的哥舒翰的副将王思礼和这一行人汇合了。从王思礼处才得知,哥舒翰已被敌人俘虏。玄宗立即任命王思礼为河西陇右节度使,让他赴镇,收集散卒，待机东征。

次日，雨停了。可是连一棵树都没有的平原，暑热难当。同昨天一样，平原中的这一行人，被饥饿和暑热折磨着往前行进。也没有水。半路上经过一个分别去甘肃和四川的岔路口。从过这个岔路口时开始，陈玄礼所率领的近卫队开始滋长着不稳定的气氛。士兵们离开队列，各自都开始随便行动，一遇到村落，就乱钻，去为自己寻找吃食。

傍晚，来到了马嵬驿。这里的县令也逃跑了，县民们不知逃往何方。士兵们被疲劳和饥饿折磨得狂暴了。不光是兵，就连指挥官陈玄礼也不管对谁都是发着怒气。带着陈玄礼的意思的宦官李补国，向太子亨提出要杀死招致亡国之祸应负责任的杨国忠。这个年轻宦官的脸上染着夕阳，看上去就像浴着血的一般。

太子亨和李补国在驿站的一个角落里面对面地站立着。这时，二十多个吐蕃的壮勇遮拦住了想到广场来的杨国忠的马匹。吐蕃人都是从吐蕃派到京城长安来的使者们，他们正碰上玄宗丢弃京城，便一块儿来到这里。他们想向杨国忠要吃的。吐蕃人口口声声叫喊着要求支给粮食。看到这情形的陈玄礼的一个部下大声叫道：

"国忠与胡虏一起谋反！"

喊声反复了两三次。驻屯在广场上的士兵们一齐发着怒吼站立起来。这时,不知是从哪里发的一支箭,正射中杨国忠的鞍部,他跌下马来。杨国忠一从马上滚落下来,就向西门跑去。士兵们一齐追了上来。顷刻之间,士兵们就像见着血的饿狼似的,拔出刀来追逐。

再次出现在西门的士兵们,用枪尖刺穿了杨国忠的头颅。杨国忠的头悬挂在驿门之外。杨国忠之子户部侍郎杨暄和韩国夫人等相继遇难丧生。

御史大夫魏方进出现在广场上,他怒吼道:

"你们为什么杀死宰相?"

在下一瞬间,魏方进也遭到几个士兵的袭击。等士兵们散去时,他已经成了尸体横卧在地面上。听说作乱,韦见素赶来,他还没来得及说话,便遭到乱兵的袭击,头上的血流到了地面。不知是谁喊了声"别杀韦相公",他才好容易免于一死。被这血弄得发狂的士兵们,围住了驿站的房舍。

在馆驿中的玄宗得知作乱,从馆里出来,想来抚慰士兵们,可是骚乱却制止不住。陈玄礼来到玄宗皇帝面前,对眼前这个没有任何力量的老掌权者说道:

"已经把国忠杀了。贼根仍然在馆中。愿陛下舍弃情欲,以正法纪。"

贼根这话指的是谁,玄宗的心里是明明白白的。杨家一门的主要人物,除贵妃以外,都已被士兵们杀了。

玄宗皇帝进入馆内呆呆地站立着。京兆府司录韦谔来到玄宗面前,说道:

"如今,能镇住士兵们的怒气的,已别无他法。危险已经到了危及陛下自身的状态。陛下,请速下决心。"

"贵妃一直住在宫殿之内。虽说是国忠的一族,但与国忠毫无关系。"玄宗说。

说罢,望着身旁的高力士。

高力士默不作声。从高力士的脸上看不出他如今在想什么。高力士那深深地刻着皱纹的脸,看上去和平常他那张脸一点也没有什么变化。

高力士一会儿把他那脸仰起来,发出了过去谁都没有听到过的奇妙的声音。那声音非哭非笑。一句句地像拖着长腔的歌子,那词儿也还是各自有着一定的意义的:

"贵妃……确实是无罪的。谁能说她有罪呢!但是将士们已经杀死了杨宰相。贵妃……她仍在您的身旁,臣以为……陛下自身就没有安泰。请陛下……认真地想一想。如今非做不可的事,是……镇定将士之心。将士心安……即国之安。"

高力士难得地恢复到了自己的立场,联系着权力的现状发了言。高力士在过去任何场合,结局都是为了保卫自己,冷静地处事的。保卫自己既有与国家的利害一致的时候,也有的时候恰恰相反。高力士如今也是冷静的。他既不能不为玄宗尽力,也不能无视如今手握可怕权力的叉腿站立的陈玄礼的意志。

"用你的手把她带到佛堂之前,处置了吧。不用利器地处置了吧!"过了一阵子,玄宗说。

高力士答应下来,立即来到了杨贵妃住着的馆舍里。贵妃微暗的房间的窗边上放着一只椅子,她正坐在那里。

"您最后的时刻到了!"

"杨家一门被陈玄礼杀了的事,我刚才已经听说了。陈玄礼是以清廉闻名的武人,平日时常进谏陛下,他没有错。贵妃我比谁都清楚。"贵妃道。

"妃君是无罪的。"高力士说。

"把陛下的国家弄成这个样子的,是杨宰相。杨宰相正因为有了我,才能那样为所欲为。怎么能说是我这当妃的无罪呢!"

说罢,贵妃从椅子上站了起来。如今的贵妃剩下的只有对掌权者的爱了。高力士来到有着小小佛堂的院子。高力士的手上攥着为贵妃吊颈用的布条。高力士站在佛堂横头的枣树下,眼睛望着渐渐暗下去的天空,在等待着贵妃的走近。一会儿,高力士转到了贵妃的背后。这个老宦官把交给自己的这个任务,恐怕是干得比谁都冷静。为了绝不让将全部重量托在自己手臂上的、这个不像世上之物的奢华的女人再苏醒,高力士一再仔细地勒紧布条。由于安禄山的叛变,贵妃既未成为武后,又没成为韦氏,也没成为太平公主,而是以殉国的形式,了结了她三十八岁的一生。

高力士亲手把贵妃的尸体装进轿子,运到了驿庭。陈玄礼走近轿子,验明了贵妃的尸体,说道:

"好啦!"

然后脱甲卸胄,等待治罪。玄宗并没有处罚陈玄礼,命他晓谕士兵。士兵们从兴奋中清醒过来,从驿庭中相继退走了。贵妃的遗体以高力士之手,埋葬在离驿亭不远的野地的一角。那里正处在低矮的小山坡上,在离开去蜀的大道稍稍进去的地方。

虢国夫人,其子裴徽,国忠的妻室裴柔,其幼子晞等人,先到了陈仓。那里刚刚传来杨国忠被杀的消息,她们便成为县令追捕的对象了。虢国夫人跑进了竹林,刚强地不想借别人之手,想只剩下自己以便自杀,终于未成,被捕送进了监狱。

"你们是朝廷的人还是乱兵?"虢国夫人气闷地问。

"两者都是。"狱卒答道。

夫人血卡咽喉而死。一场漫长的欢乐的梦做完了。

玄宗在去蜀的半路上,留下太子亨抚慰人民。他辞别了太子以及和太子一起留下的士兵们,自己经大散关,渡栈道,过剑阁,费时一月有余,来到了蜀都金堤城(成都)。

玄宗在蜀的一年多的时间里,上天再次保佑唐朝,好消息不断地报入行宫。这些消息是太子亨于灵武即位,将军郭子仪大显身手,来自回纥的救援,安禄山的死于非命,以及长安与东京的光复。

玄宗再次指向京城长安,离开行宫是至德二年(公元七五七年)十一月的事。白居易在写到玄宗过贵妃长眠的马嵬驿时,是这么写的:

> 天旋地转回龙驭
> 到此踌躇不能去
> 马嵬坡下泥土中
> 不见玉颜空死处
> 君臣相顾尽沾衣

>　东望都门信马归
>
>　归来池苑皆依旧
>
>　太液芙蓉未央柳
>
>　芙蓉如面柳如眉

　　玄宗回到京城之后,立即派敕使去祭祀贵妃,想以后为她改葬。因有人反对,只好作罢。但是,也有玄宗悄悄地命宦官把贵妃的遗骸移往别处的说法。包裹着贵妃遗骸的衣裳也好,她的肉体也好,都已全消,据说只有戴在胸前的锦袋还残留着。在玄宗的眼里,太液芙蓉确如贵妃之面,未央之柳确如贵妃之眉。

　　关于梅妃的消息,也流传着一些故事。玄宗自从回京以后,在梦中与梅妃相见,按她的诉说把太液池的梅树根部挖开,挖出来梅妃的尸体。据说尸体上有刀伤,由锦褥包裹着,放在酒坛子里,埋在地下三尺处。这恐怕是后世编造出来的故事。故事作者是把梅妃作为悲剧的女性,使之与贵妃对抗的。

　　安禄山在东京失明之后,因患疽病,性情暴躁,深居禁中,就连重臣也很少见面。嬖妾段氏生子。想以此代太子庆绪,为庆绪所恨,遂斩杀之。自称国号大燕以来,仅只一年。《新

唐书》中对安禄山之死,做了如下描述:

"是夜,严庄、庆绪持兵扈门,猪儿入帐下,以大刀斫其腹。禄山盲,扪佩刀不得,振幄柱呼曰:'是家贼!'俄而肠溃于床,即死,年五十余。"

《资治通鉴》上记载着由肠流血数斗。不管怎么说,作为起身于胡族,企图推翻唐朝的一世叛逆儿安禄山的临终是不尽兴的。

《唐书》中有记述高力士的晚年。高力士与玄宗一起从蜀地回京来了,可是于上元元年(公元七六〇年)流放巫州,后免罪,但在归京途中死了。这是以兄事高力士的肃宗(太子亨)时代的事,他死于七十八岁,比玄宗之死早两年。还有一种说法是,高力士从流谪之地巫州归来时,已经是玄宗和肃宗死后,是下一朝代宗的时代了。孰个正确,不得而知。

YOKIHI-DEN
by INOUE Yasushi
Copyright © 1963 by The Heirs of INOUE Yasushi
All rights reserved.
Originally published in Japan.
Chinese (in simplified character only) translation rights arranged with
The Heirs of INOUE Yasushi, Japan
through THE SAKAI AGENCY and BARDON-CHINESE MEDIA AGENCY.
本书中文简体字版版权,浙江文艺出版社独家所有。
版权合同登记号：图字：11-2017-139号

图书在版编目(CIP)数据

杨贵妃/[日]井上靖著；林怀秋译.—杭州：浙江文艺出版社，2018.7
ISBN 978-7-5339-5313-3

Ⅰ.①杨… Ⅱ.①井… ②林… Ⅲ.①长篇历史小说—日本—现代 Ⅳ.①I313.45

中国版本图书馆 CIP 数据核字(2018)第 092121 号

策划统筹　曹元勇
责任编辑　王　青
封面设计　宋　涛
责任印制　吴春娟

杨贵妃

[日]井上靖　著
林怀秋　译

出版	浙江出版联合集团　浙江文艺出版社
地址	杭州市体育场路347号　邮编　310006
网址	www.zjwycbs.cn
经销	浙江省新华书店集团有限公司
印刷	上海中华商务联合印刷有限公司
开本	850毫米×1168毫米　1/32
字数	145千字
印张	8.375
插页	5
版次	2018年7月第1版　2018年7月第1次印刷
书号	ISBN 978-7-5339-5313-3
定价	49.00元

版权所有　侵权必究
(如有印、装质量问题，请寄承印单位调换)